Fuenteovejuna

European Masterpieces
Cervantes & Co. Spanish Classics Nº 6

Fuenteovejuna

Lope de Vega

Edited and with notes by

MATTHEW A. WYSZYNSKI

The University of Akron

Cervantes & Co.

On the cover: the play being presented in Fuente Obejuna by locals.

FIRST EDITION

Copyright © 2003 by European Masterpieces
270 Indian Road
Newark, Delaware 19711
(302) 453-8695
Fax: (302) 453-8601
www.JuandelaCuesta.com

MANUFACTURED IN THE UNITED STATES OF AMERICA

ISBN 1-58977-008-0

Table of Contents

To Beth and Ada.
All my love.

Introduction to Students

During the period known as the Golden Age (*El siglo de Oro*), Spain had the largest, most powerful empire in the world. The king's dominions included the Iberian Peninsula, parts of Italy, the Low Countries, and large parts of North and South America, as well as various island provinces. The arts flourished, too. Some of the world's greatest masterpieces were completed during this time period, including Cervantes' *Don Quijote* and Velazquez's *Las meninas*. Lope de Vega y Carpio's life (1562-1635) falls within this exciting period in history, and his works, most notably many of his works for the theater, have endured the test of time and are still enjoyed today. *Fuenteovejuna* is one such work that can still be enjoyed by modern readers and theater audiences.

LIFE OF LOPE

Lope de Vega y Carpio was born in Madrid, probably on November 25,1562, although possibly December 2 of that year—St. Lope's day. His mother was Francisca Fernández Flores and his father Félix de Vega, an embroiderer (a *bordador*). Though he would later claim to be of noble blood, his family was from common Asturian stock. Not uncommonly with some boys of his social status, he began studying at the Jesuit's Colegio Imperial in Madrid in 1574 where he followed a humanistic curriculum, including the study of rhetoric, poetics, history, moral philosophy, all the while reading the Classical authors as part of his studies. Two years later he left the school and entered into the services of the Jerónimo Manrique, Bishop of Ávila, as secretary. At the same time, he began his advanced studies at the University in Alcalá. He would never complete the degree he started there.

Lope lived a full life, both professionally and privately. Perhaps the most widely known and notorious aspect of Lope's private life is the many love affairs he enjoyed. He was married twice, had at least several lovers (often married women), and many children, some legitimate and others illegitimate. Lope often used his lovers as poetic subjects, usually under the guise of pseudonyms, and depending on the relationship he and the woman enjoyed at the time of composition, his lover was either a semi-goddess or a demon. Some of the less flattering poems about one of his first lovers, the actress Elena Osorio, eventually led to Lope's conviction on grounds of libel, for which he was exiled from Madrid and Castile. Before complying with the sentence, however, he made off with another lover, Isabel de Urbina, whom he later married.

Of course, one of the requisites of a life full of lovers and children was money. To get it, Lope was at times a soldier—one of the battles in which he participated and his brother died was with the Invincible Armada of 1588—a secretary to nobles—the duke of Sessa was one of his most important patrons—, and of course, a playwright. Lope confessed in his *Arte nuevo* (1609) that he didn't write for the intellectual elite of his time; quite the contrary, he wrote for the *vulgo*, the common people, because it was the common folk who paid to fill the theaters.

Later in life, in May 1614, Lope was ordained a priest. By this time, his fame and preeminence in the theater world was undeniable. Yet, in spite of his sacerdotal responsibilities, he continued to enjoy the activities which he liked best and which to this day define him: writing, especially *comedias* and verse, and forming love affairs.

Notwithstanding his fame and relatively stable position in society, Lope faced a severe crisis during old age. In 1635, one of Lope's daughters, Antonia Clara, who served as her father's secretary and was one of his joys in life, was kidnapped by her lover, Cristóbal Tenorio, a favorite of the powerful Conde Duque de Olivares. Lope, who had so often cuckolded husbands and stolen away the hearts of other men's daughters, was himself duped. Antonia Clara had been one of Lope's favorite children, and she had nursed him through several illnesses. Her desertion seemed to drain the life from Lope. In August, 1635, he had an attack of some sort, and on August 24, he suffered a fainting spell. Three days later, he died. All Madrid grieved the loss of the great author. His patron, the Duke of Sessa, took on the funeral expenses, and the rites, ceremonies and memorials lasted for nine days. The *vulgo*, for whom Lope had primarily written his plays, genuinely grieved his passing and deeply mourned their loss.

Lope's literary output is legendary. His first biographer, Juan Pérez de Montalbán, overenthusiastically placed the number of Lope's theatrical works at almost two thousand! A more accurate number of *comedias* is probably around 400, still a large number. Along with *Fuenteovejuna*, some of his more famous comedias are *Peribáñez, El perro del hortelano*, and *El caballero de Olmedo*. In addition, to writing for the theater, he wrote another 50 or works, including novels (*Arcadia, El peregrino en su patria, Pastores de Belén*), epic poems (*Isidro, Jerusalén conquistada* and *La hermosura de Angélica*), as well as other poetry (*Rimas, La Filomena, La Circe, La gatomaquia*). His masterwork in prose is *La Dorotea* (1632), a pastoral novel in dialogue form. In time, Lope de Vega became the most popular playwright in Spain. His works were much in demand, and this, coupled with his need for ready money, probably accounts for his high rate of output. Lope's works became so well known and loved that his name became synonymous with excellence.

TRAITS OF THE *COMEDIA*

Although the Spanish theater was not born with Lope de Vega, he, more than any other dramatist up to that point, did the most to standardize stage productions. He is, in effect, the father of the *comedia*. Others before Lope had written pieces for the theater, including Torres Naharro (1480? – 1530?), Lope de Rueda (1510? – 1565), Juan de la Cueva (1550? – 1610?) and even Miguel de Cervantes (1547-1616), who is today better know as the creator of *Don Quijote*. Nevertheless, none of these authors was able to consolidate the dramatic art and to influence other dramatists as much as Lope.

In his *Arte nuevo de hacer comedias en este tiempo* (1609), Lope describes the elements of his triumph with the audiences. His theories are not dry academic speculation; he arrived at these conclusions after years of writing for the theater, and he had enjoyed already a great deal of success. Perhaps the most important of Lope's thoughts was to please *el vulgo*, the people who paid to see the shows. Lope was not so concerned with following the rules established by theorists or critics. He wanted to put on a good show, and he knew that if the people enjoyed what they saw, then he would be successful.

Lope rejected the classical unities of TIME (the action should take place in one day), of PLACE (the action should occur in one place) and of ACTION (there should be no subplots). He invented plots mixed with subplots (though they were often interrelated), his works often take place over a great deal of space and time. Moreover, Lope believed that to mix tragedy and comedy, genres strictly separated in Classical literature, was a good idea because we observe this combination in real life. *Fuenteovejuna*, with its various plots and subplots and with action that takes place over days and possibly weeks in several different places, illustrates well how Lope ignored the unities.

Lope also definitively established some of the formal characteristics of the comedia nueva in his *Arte*, including the division of the play into acts. The playwrights preceding Lope had experimented with various numbers of *jornadas* or acts, anywhere from three to five. Lope consistently used three acts and recommended that others follow his example. Each act roughly corresponds to the main building blocks in a drama: the exposition of the main problem, its development and its resolution. Of course, the development of the plot generally takes the greatest amount of space, part of the first act, all of the second, and most of the third, with the exposition occurring in the first act and the resolution in the third. Lope's theory is grounded in practice. If a playwright gives the resolution too soon, people leave the theater! To pack the house and keep them there is one of Lope's most important considerations, and much of his art is based on these concerns.

Another of Lope's formal innovations was the more careful use of verse forms. While others had employed both verse and prose to write their works, Lope systematized the use of verse forms in his works. In his *Arte*, he recommends certain verse forms for varying circumstances; *redondillas*, for instance, are good for love, while *décimas* are good for complaints. By good verse choice, a playwright can reflect in the formal patterns of language the sentiments being expressed.

In his *Arte,* Lope also recommends the themes that should be used in the work. Two of the biggest, the ones that never failed to entertain audiences, were honor and love. Arnold Reichenberg, in his essay "The Uniqueness of the *Comedia*" called love and honor the pillars on which the *comedia* is built. These themes, treated separately or interwoven in a play, always moved audiences, and Lope used these two important motifs in historical plays, in the so-called *comedias de capa y espada*, in pastoral and hagiographic *comedias*, in fact, in nearly every type of play that he ever wrote.

Whatever the type of *comedia*, the plot generally centers on the rupture of the natural order and reestablishing the status quo. The audience is never in doubt that order will be restored, for this is the idea that drives the comedia, at least on the surface (some modern critics have analyzed the ways in which writers, while appearing to praise this "order," actually undermine it). So when order is broken by an unfaithful lover, a rebellious vassal or an offense against honor, the spectator knows that somehow the hierarchy of values will be restored. Since the audience never doubts that the transgressor will be punished, the author's art lies in the manner that he chooses to reestablish the broken order.

Another constant of the comedia, both for Lope and those who would use his advice, was the use of character types. Many, perhaps most, of the characters in the comedia are not drawn as deep character studies; rather, they serve in function of the plot, the aim of which is to reestablish the natural order of things. The *galán* and *dama*, the lead male and female lovers, respectively, often find a home in comedias of many types. He is usually noble, but always in love, handsome and brave. She is also usually noble, but just as much in love as her galán. Serving as less than serious alter-egos for the galán and dama, are the *gracioso* and the *criada*. The gracioso is a smart aleck who provides comic relief, but at times also has a serious role. He and the criada often form a second love interest. Typically, there is also a father (often elderly) or a brother who will fight to protect the virtue of the dama. At times this character is working at cross-purpose to the galán, sometimes because he believes the galán represents a particular threat to the family's honor by trying to take advantage of the dama, or simply because the father or brother perceives all men as a threat to the dama. Finally, the other important character type found in the comedia is the king, or another figure of authority. It is he (and only rarely she) that has the effect of repairing the disturbed natural order. Comedias often end by a king arranging marriages (the typical way to recover a "fallen" woman's lost virtue) and meting out justice.

FUENTEOVEJUNA—BACKGROUND AND SUMMARY

At the heart of Lope's *Fuenteovejuna* is a double plot. The primary plot deals with Comendador Fernán Gómez's abuses against the townspeople of Fuenteovejuna, culminating in the kidnapping of Frondoso's espoused, Laurencia. She escapes from the Comendador and returns to the town, and it is her impassioned speech that leads to the rebellion of the town and the death of Fernán Gómez. In the secondary plot, we see the political intrigues of the Comendador as he manipulates the young Maestre Rodrigo Téllez Girón into fighting against the Catholic Monarchs Fernando and Isabel.

Lope did not entirely invent the events of the primary plot in *Fuenteovejuna*. In fact, various historians, often called chroniclers in the Golden Age, take note of a revolution that occurred in the town of Fuenteovejuna in the year 1476. Francisco Rades de Andrada and Alfonso Fernández de Palencia are two of the most famous that describe the events, although each somewhat differently. Broadly speaking, the main events of the historical event and Lope's fictional dramatization are the same: an abusive Comendador named Fernán Gómez is killed by his vassals in the town of Fuenteovejuna. When the king sends a judge to find out the facts of the case, none of the townspeople confesses; each prefers to lay the blame on the entire community, saying "Fuenteovejuna lo hizo."

Lope's artistry, however, goes beyond the events that he finds in his sources. He uses them as the skeleton of the work, but then adds flesh to the bones—he invents characters. There is no historical record of Laurencia and Frondoso; rather, Lope creates them puts them at the center of his play's love story. Lope recognized how powerful love is and how the audience adores sentimental attachments. Further, by introducing these two characters in a positive light and by letting the audience become acquainted with them, the Comendador's abuse of his power seem all the more dramatic.

The civil war background against which the main action takes place is also a historical fact. During the latter part of the fifteenth century, two factions were fighting for political hegemony: those who supported Juana, the supposed illegitimate daughter of Enrique IV, king of Castile, and those that supported Enrique's half-sister, Isabel. The Castilian nobility saw Isabel as a threat to their power, and consequently favored Juana and her husband, Alfonso V of Portugal. When Enrique recognized Isabel as his heir in 1468, the parties started jockeying to either improve or maintain their position and to be ready to take power when Enrique died. It was Isabel's marriage in 1469 to Ferdinand, King of Sicily and heir to the crown of Aragón that caused an open civil war. The military orders, which had grown in power and influence since their inceptions during the early days of the Reconquest, feared that they would loose influence if Isabel ascended to the throne. For this reason, they generally supported Juana and Alfonso.

GRAMMATICAL NOTES

For the most part, Golden Age Spanish is fairly easy for the modern reader to understand. Even for non-native readers of Spanish, most of the language is comprehensible, and even without this specialized edition, you would probably understand at least the basics of the plot.

There are, however, some characteristics of Lope's Spanish that are repeated frequently in the text, and if you keep them in mind, reading the play will be much easier.

At times, some words will look almost familiar, but one sound will be "off." Vacillations between vocalic sounds (often the "o" and the "u") are common, and the confusion between the liquid consonants "l" and "r" is a characteristic of rustic speech (a characteristic that endures even in parts of Andalucía today!).

In Act I Scene VI, Esteban says:

...Lo primero
traen dos cestas de polidos barros...
First, they bring two jars of polished clay...

Polidos is really *pulidos*, which means "polished." Some other examples of these types of sound changes are:

Y de manera que interrompen [*interrumpen*]
tu justicia, señor. (III.5)
And in such a way that they interrupt your justice, sir.
...y tenía el corazón
brando [*blando*] como la manteca. (I.3)
And his heart was as soft as lard.

Another change that is sometimes found is the assimilation of sounds, especially when an object pronoun is attached to an infinitive. Instead of saying *decirlo*, for instance, it is often written *decillo*.

De la moza el parecer
tomad antes de ace[p]tallo (II.13)
Ask the girl for her opinion before you accept him.

Like assimilation, metathesis is also common in the Spanish of the period. Metathesis is the inversion of two sounds. It occurs most frequently with a second person plural command to which an object pronoun has been affixed. So, for example, instead of *decidlo*, one might find *decildo*. In *Fuenteovejuna*, we find several examples of this:

…ya la música suena;
recibilde alegremente, (I.5)
The music sounds; receive him happily…
Reñilda, alcalde, por Dios… (II.4)
Scold her, alderman, for God's sake.

In addition to these phonetic changes, several other differences present themselves to the modern reader of Lope's work. One is the use of *laísmo*, that is, the use of the pronoun *la* as the indirect object pronoun.

Apostaré que la sal
la echó el cura con el puño. (I.4)
I'll bet the priest gave her a fistful of salt.

In this case, "la sal" is the direct object, and *la* refers to the person receiving it, Laurencia. Instances of laísmo are pointed out in the notes to the text.

Often times, the past subjunctive is used when today we would use the conditional.

A qué efe[c]to fuera bueno
querer a Fernando yo? (I. 3)
For what good would it be to love Fernando?

The demonstrative pronouns also look a little strange. Instead of using *éste* or *ése* and their forms, we often find *aqueste* and *aquese*. These are easy enough to recognize, and so for the most part there is no explanation in the notes of the text.

Que no es aqueso igualarse. (I.5)
That's not being equal to another.
No es juego aqueste, señor. (II.16)
This is no game, sir.

Perhaps the most disconcerting aspect of syntax that you'll find is the placement of object pronouns. Since the play is written in verse, the author has a certain leeway in where he places these particles so as to maintain rhythm and rhyme. Even though these parts of speech may be found in unexpected positions, their function is still the same, and comprehension is not impaired.

Cerraránse mis pestañas… (I.4)
My eyelashes will shut…
le atad y le desnudad… (II.10)
Tie him up and take off his clothes…

A Note on Versification

As we've already seen, one of the traits of the *comedia nueva* espoused and put into practice by Lope was the use of verse forms. *Fuenteovejuna* is written completely in verse, but Lope varies the type of verse according to the situation at hand, according to who is speaking, and the topic. This is advice that he gives in his *Arte nuevo,* though he doesn't always follow it in his own works.

In *Fuenteovejuna,* Lope uses a variety of verse forms. The most common type of verse found in this work is the *redondilla abrazada.* Though Lope recommends that they be used for "las [cosas] de amor" in his *Arte,* he uses them in many other situations as well in this play. The verse form consists of four lines of eight syllables with the rhyme scheme abba (the first and fourth verses rhyme, and the second and third verses rhyme). The play opens with a *redondilla abrazada,* and in the first scene, one of the characters says:

Lla/man / la / des/cor/te/sí/a
ne/ce/dad / en / lo/s i/gua/les,
por/que e/s en/tre / de/si/gua/les
li/na/je / de / ti/ra/ní/a.

The slashes indicate the syllable breaks. Notice, for example, that in the third verse, the "e" sounds of "que" and of "es" combine, forming one syllable; this is called synalepha (*sinalefa*).

Another common type of verse form found in the comedia in general and *Fuenteovejuna* in particular is the *romance*. This is an undetermined number of eight syllable verses. The even number verses have assonant rhyme (rhymed vowel sounds). In the *Arte nuevo*, Lope recommends "las relaciones piden los romances." In this case, *relaciones* means narration. In Act I, Scene 2, the Comendador is providing background information for the Maestre (and also for the audience), Lope employs *romances*.

> Gran / maes/tre, / don / Ro/dri/go
> Té/llez / Gi/rón, / que a / ta/n **al**/to
> lu/gar / os / tra/jo el / va/lor
> de a/quel / vues/tro / pa/dre / cla**/ro**,

The rhyme is "a – o." Note that in the third verse cited above that, due to synalepha "trajo" and "el," there appear to be only seven syllables. This is because when the verse is *agudo* (that is, it ends in a word that carries the stress on the last syllable), we add a syllable to the count, thus it counts as the eight syllables of the *romance*. Later in this same series of *romances*, the Comendador says, "tan roja como la cruz." In this verse, there is no synalepha, and it's easy to see that there are only seven syllables. But since the verse is *agudo*, we add one syllable, so again, it counts as eight.

In addition to the *redondillas* and *romances*, Lope also uses *octavas*, a stanza of eight verses, each with eleven syllables. There is consonant rhyme, and the scheme is ABABABCC (the first, third and fifth verses rhyme; the second, fourth and sixth verses rhyme; the last two verses rhyme). Like the romance, Lope states in his *Arte*, octavas are used for narration, but they make it more impressive. The second act opens with a series of *octavas*, and at one point, Esteban says:

> No / se / pue/de / su/frir / que es/tos / as/ **tró/lo/gos**,
> 2 en las cosas futuras igno*rantes*,
> nos quieran persuadir con largos **prólogos**
> 4 los secretos a Dios sólo impor*tantes*.
> ¡Bueno es que, presumiendo de te**ólogos**,

> hagan un tiempo en el que después y *antes*!
> 2 Y pidiendo el presente lo impor*tante*,
>   al más sabio veréis más ignor*ante*.

Notice that though each verse is only supposed to have eleven syllables, the first, third and fifth verse in this stanza have twelve. When a verse is *esdrújulo* (meaning that the verse ends with a word in which the third to the last syllable of the verse is stressed), the rules of prosody mandate that we subtract one syllable from the number of verses. So, metrically speaking, the first, third and fifth verse only count as eleven syllables.

The only other verse form used with any frequency is the *terceto*, a stanza of three eleven syllable verses with consonant rhyme ABA. Lope's *Arte* recommends this form for discussing serious matters, and when the townspeople meet to decide how to respond to the Comendador's abuses, Lope employs this from (see the opening scene of Act III). The only other form used in *Fuenteovejuna* and mentioned in the *Arte* is the sonnet. Laurencia recites it as she waits both Frondoso and the outcome of the judge's investigation of the Comendador's murder (Act III, Scene 13). In *Fuenteovejuna*, Lope does not use one of the verses that he mentions in the *Arte nuevo*—the *décima*, which he says are good for complaining. None of the many complaints, either of the towspeople, the Maestre or the Comendador, are written in *décimas*. Lope was not a slave to his own rules.

Spanish versification can be somewhat complex, but a good introduction to the prosody can be found at the Association of Hispanic Classical Theater homepage (www.comedia.org). This document is especially helpful to students of the *comedia*, and verse forms are explained in greater detail there.

NOTES ON THE EDITION

For this new student edition of *Fuenteovejuna*, I used as main text Vern Williamsen's electronic edition (based, in turn, on the *princeps*—the first printed edition— of 1619). Many thanks to him, not only for allowing me use of the text, but also for the great work he has done on the website of the Association of Hispanic Classical Theater. In addition, I consulted Francisco López Estrada's Castalia version of the work (sixth edition, 1987), which helped both make some corrections to Professor

Williamsen's text and suggested the scene divisions that I follow in this edition. Both of these editors make suggestions to replace missing verses, and I have included them, noting from which edition they come. Another text that was useful was Felipe Pedraza Jiménez's edition (Anaquel, 1991), targeted to Spanish secondary school students. It contains many useful explanatory notes. Also of great help in the preparation of this edition was Gwynn Edwards' translation (Oxford, 1999), which helped me smooth out some of the translations that I provide in the notes.

To resolve many lexical doubts, I have used Martín de Riquer's edition of Covarrubias' 1611 *Tesoro de la lengua castellana o española* (Editorial Alta Fulla, 1998) as well as the on-line dictionaries of the Real Academia Española (http://www.rae.es/).

Fuenteovejuna

PERSONAS QUE HABLAN EN ELLA:

La reina ISABEL de Castilla
El REY Fernando de Aragón
5 Rodrigo Téllez Girón, MAESTRE° de la Orden de Calatrava[1]   head of a
Fernán Gómez de Guzmán, COMENDADOR   military order
  Mayor de la Orden de Calatrava
Don Gómez
MANRIQUE
10 Un JUEZ   judge
Dos REGIDORESde Ciudad Real
ORTUÑO, criado° del Comendador   servant
FLORES, criado del Comendador
ESTEBAN, Alcaide° de Fuenteovejuna[2]   town magistrate
15 ALONSO, un regidor° de Fuenteovejuna   town alderman
Otro REGIDOR de Fuenteovejuna
LAURENCIA, labradora° de Fuenteovejuna, hija de
ESTEBAN   field worker or
JACINTA, labradora de Fuenteovejuna   townsperson
20 PASCUALA, labradora de Fuenteovejuna
JUAN ROJO, labrador
FRONDOSO, labrador
MENGO, labrador gracioso°   comical
BARRILDO, labrador
25 LEONELO, Licenciado° en derecho°   graduate, law
CIMBRANO, soldado
Un MUCHACHO
LABRADORES y LABRADORAS
MÚSICOS°   musicians

---

[1] This military order, along with the Order of Alcántara, the Order of Santiago, and the Order of Montesa, were founded during the reconquest. The orders were powerful, and being a member was considered a privilege, and to be eligible, members had to prove their nobility.

[2] Fuenteovejuna (today spelled Fuente Obejuna) is a small town located about 50 miles northwest of Córdoba.

ACTO PRIMERO

[ESCENA I]
SALEN[3] EL COMENDADOR,
FLORES Y ORTUÑO, CRIADOS

COMENDADOR: ¿Sabe el maestre que estoy
en la villa°[4]?   town

FLORES: Ya lo sabe.

ORTUÑO: Está, con la edad, más grave.°   serious

COMENDADOR: Y ¿sabe también que soy
Fernán Gómez de Guzmán?

FLORES: Es muchacho, no te asombre.°   be surprised

COMENDADOR: Cuando° no sepa mi nombre,   although
¿no le sobra° el que me dan°   to be in excess,
de comendador mayor?   call

ORTUÑO: No falta quien le aconseje°   advise
que de ser cortés° se aleje°   courteous, avoids

COMENDADOR: Conquistará poco amor.
Es llave la cortesía
para abrir la voluntad°;   will
y para la enemistad°   enmity
la necia° descortesía.°   foolish, rudeness

---

[3] "Sale" or "Salen" is used to indicate a character or characters come on stage.

[4] The town in this case is probably Almagro (about 10 miles southwest of Ciudad Real) in which the Master of Calatrava lived.

ORTUÑO:	Si supiese un descortés°	rude person
	cómo le aborrecen° todos	hate, despise
	—y querrían de mil modos	
	poner la boca a sus pies—,	
5		antes que serlo ninguno,	
	se dejaría morir.	
FLORES:	¡Qué cansado es de sufrir!	
	¡Qué áspero° y qué importuno!°	harsh, bothersome
	Llaman la descortesía	
10		necedad° en los iguales,	foolishness
	porque es entre desiguales°	unequals (in rank)
	linaje° de tiranía.	lineage
	Aquí no te toca nada;[5]	
	que un muchacho aún no ha llegado	
15		a saber qué es ser amado.	
COMENDADOR:	La obligación de la espada°	sword
	que se ciñó,° el mismo día	girded
	que la cruz de Calatrava[6]	
	le cubrió el pecho, bastaba°	was enough
20		para aprender cortesía.	
FLORES:	Si te han puesto mal con él,	
	presto° lo conocerás.	quickly
ORTUÑO:	Vuélvete,° si en duda estás.	turn around
COMENDADOR:	Quiero ver lo que hay en él.	

[ESCENA II]

SALE EL MAESTRE DE CALATRAVA
Y ACOMPAÑAMIENTO[7]

MAESTRE:	Perdonad, por vida mía,

---

[5] "This shouldn't concern you."

[6] Members of the order were allowed to wear a red cross on their clothing.

[7] *Acompañamiento* refers to the Comendador's entourage.

Fernán Gómez de Guzmán;
que agora° nueva° me dan   *now, news*
que en la villa estáis.

COMENDADOR: Tenía
5   muy justa queja° de vos;   *complaint*
que el amor y la crïanza°   *upbringing*
me daban más confïanza,°   *familiarity*
por ser, cual somos los dos,
   vos maestre en Calatrava,
10   yo vuestro comendador
y muy vuestro servidor.°   *servant*

MAESTRE: Seguro,° Fernando, estaba   *unaware*
   de vuestra buena venida.°   *arrival*
Quiero volveros a 'dar
15   los brazos.°   *embrace*

COMENDADOR: Debéisme honrar;
que he puesto por vos la vida
   entre diferencias° tantas,   *controversies*
hasta suplir° vuestra edad   *to make up for*
20   el pontífice.°   *pontiff*

MAESTRE: Es verdad.
Y por las 'señales santas°   *sacred signs (i.e.*
   que a los dos cruzan el pecho,   *the crosses)*
que os lo pago en estimaros°   *holding you in*
25   y como a mi padre honraros.   *esteem*

COMENDADOR: De vos estoy satisfecho.°   *satisfied*

MAESTRE: ¿Qué hay de guerra por allá?

COMENDADOR: 'Estad atento,° y sabréis   *pay attention*
la obligación° que tenéis.   *duty*

30 MAESTRE: Decid que 'ya lo estoy,° ya.   *I'm paying atten-*
                                               tion

COMENDADOR: Gran maestre, don Rodrigo
Téllez Girón, que a tan alto

high society

lugar os trajo el valor
de aquel vuestro padre claro,
que, de ocho años, en vos
renunció su maestrazgo,°   office of *maestre*
5   que después por más seguro
juraron y confirmaron
reyes y comendadores,
dando el pontífice santo
Pío segundo[8] sus bulas[9]
10   y después las suyas Paulo[10]
para que don Juan Pacheco,[11]
gran maestre de Santiago[12],
fuese vuestro coadjutor:°   assistant
ya que 'es muerto,[13] y que os han dado
15   el gobierno sólo a vos,
aunque de tan pocos años,
advertid° que es honra vuestra   observe
seguir en aqueste° caso   **este**
la parte de vuestros deudos°;   family members
20   porque, muerto Enrique cuarto[14],
'quieren que al rey don Alonso
de Portugal, que ha heredado,
por su mujer, a Castilla[15],

---

[8] Pope Pius II (born Enea Silvio de Piccolomini 1405; elected pope 1458; died 1446)-his papacy was primarily preoccuppied with saving Europe from Turkish domination.

[9] Bulls are papal documents confirming certain actions, granting certain rights or clarifying doctrinal matters.

[10] Pope Paul II (born Pietro Barbo 1417; elected pope 1464; died 1471)- also concerned with the possible Turkish domination of Europe.

[11] Juan de Pacheco was Rodrigo's uncle and, as the Comendador states, a regent of the order until his death.

[12] The Order of Santiago was another of the military orders of Spain along with Alcántara, etc.

[13] *Es muerto…* The use of *ser* with some adjectives that today require *estar* was common in the Golden Age.

[14] Henry IV (1425–74; ruled, 1454–74). At his death, the civil war for succession was fought.

[15] A case of hyperbaton: *quieren que sus vasallos obedezcan al rey don Alonso de Portugal…*

– sirviente

obedezcan° sus vasallos°;	obey, vassals
que aunque pretende° lo mismo	attempt
por Isabel don Fernando,	
gran príncipe de Aragón,	
5 no con derecho° tan claro	right
a vuestros deudos, que, en fin,	
no presumen que hay engaño°	deception
en la sucesión° de Juana,	succession (to the
a quien vuestro primo hermano[16]	throne)
10 tiene agora en su poder.	
Y así, vengo a aconsejaros	
que juntéis° los caballeros	gather
de Calatrava en Almagro,	
y a Ciudad Real[17] toméis,	
15 que divide como paso	
a Andalucía y Castilla,	
para mirarlos a entrambos.°	both
Poca gente es menester,°	necessary
porque tienen por soldados	
20 solamente sus vecinos°	townspeople
y algunos pocos hidalgos,[18]	
que defienden a Isabel	
y llaman rey a Fernando.	
Será bien que deis asombro,°	fright
25 Rodrigo, aunque niño, a cuantos	
dicen que es grande esa cruz	
para vuestros 'hombros flacos.°	weak shoulders
Mirad los condes de Urueña,[19]	
de quien venís, que mostrando	
30 os[20] están desde la fama	

---

[16] The maestre's cousin is Diego López Pacheco, son of Juan.

[17] Ciudad Real belonged to the Crown, though it was in a region controlled by the Order of Calatrava. As the Comendador suggests in the following verses, its location was of strategic importance.

[18] *Hidalgos* were minor nobility. The most famous (literary) example is Don Quixote de la Mancha.

[19] The County of Ureña belonged to Téllez Giron's family.

[20] This pronoun should be attached to the preceeding gerund (*mostrándoos*), but for the sake of rhyme, it is not.

los laureles²¹ que ganaron;
los marqueses° de Villena²²,   marquis
y otros capitanes, tantos,
que las alas° de la fama   wings
5   apenas° pueden llevarlos.   hardly
Sacad° esa blanca espada;   draw
que habéis de hacer, peleando,°   fighting
tan roja como la cruz;
porque no podré llamaros
10   maestre de la cruz roja
que tenéis al pecho, en tanto
que tenéis la blanca espada;
que una al pecho y otra al lado,
entrambas han de ser rojas;
15   y vos, Girón soberano,°   excellent
capa° del templo inmortal   cover
de vuestros claros° pasados.   illustrious

MAESTRE: Fernán Gómez, estad cierto,
que en esta parcialidad,°   group of allies
20   porque veo que es verdad,
con mis deudos me concierto.
Y si importa, como paso
a Ciudad Real mi intento,
veréis que como violento
25   rayo° sus muros abraso.°   lightening bolt,
                                                    burn
No porque es muerto mi tío
piensen de mis pocos años
los propios° y los extraños°   my own *friends,*
que murió con él mi brío.°   strangers; spirit
30   Sacaré la blanca espada
para que quede su luz°   light (i.e. color)
de la color de la cruz²³,
de roja sangre° bañada.   blood

---

²¹ Laurels are a symbol of victory or accomplishments; hence the English expression "To rest on one's laurels" and in Spanish "Dormirse en los laureles."

²² This is probably another reference to Don Diego Pacheco.

²³ The same color as the red cross on his chest.

	Vos, ¿adónde residís°	live
	tenéis algunos soldados?	

COMENDADOR: Pocos, pero mis criados[24];
que si de ellos os servís,
     pelearán° como leones.   *will fight*
Ya veis que en Fuenteovejuna
hay gente humilde,° y alguna   *humble*
no enseñada en escuadrones[25],
sino en campos° y labranzas.°   *fields, farmwork*

MAESTRE: ¿Allí residís?

COMENDADOR: Allí
de mi encomienda[26] escogí
casa entre 'aquestas mudanzas.[27]

[MAESTRE]:   Vuestra gente 'se registre°;   *enlist*

[COMENDADOR] que no quedará vasallo.[28]

MAESTRE: Hoy me veréis a caballo,
poner la lanza° en el ristre.[29]   *lance,*

[ESCENA III]

---

[24] The Comendador has few soldiers, but his servants can serve as soldiers.

[25] "Not trained for combat."

[26] The *encomienda* was a grant of land and of people, with the rights to govern the territory and to collect taxes from the people, offered to nobles by either the king, or in this case, the knightly order.

[27] The Comendador refers to the civil war that is happening at the time.

[28] The speakers in the last two line are put between brackets since no indication is given in the *princeps* that there is a change of speaker. However, this change, suggested by López Estrada and others, does seem logical. It is possible, however, that the Comendador tells the Maestre that his men should enlist. Which interpretation seems best to you?

[29] The *ristre* is the support on the saddle in which one end of the lance is placed

VANSE[30]. SALEN PASCUALA Y LAURENCIA

LAURENCIA:	¡Mas° que nunca acá volviera![31]	but
PASCUALA:	Pues 'a la hé[32] que pensé que cuando te lo conté más pesadumbre° te diera.[33]	grief
LAURENCIA:	¡'Plega al cielo° que jamás le vea en Fuenteovejuna!	Heavens!
PASCUALA:	Yo, Laurencia, he visto alguna tan brava,° y pienso que más; y tenía el corazón brando° como una manteca.	fierce soft (blando)
LAURENCIA:	Pues ¿hay encina° tan seca como ésta mi condición?	oak
PASCUALA:	Anda ya; que nadie diga: "de esta agua no beberé."[34]	
LAURENCIA:	¡Voto al sol[35] que lo diré, aunque el mundo me desdiga!° ¿A qué efeto° fuera bueno querer a Fernando yo?[36] ¿Casárame° con él?	contradict effect = me casaría
PASCUALA:	No.	

*ella sabe que
se va a casar con él.*

no va a querer tener relaciones con él.

---

[30] *Vanse* or *vase* indicate that characters leave the stage. Notice that the action has now moved to the town of Fuenteovejuna.

[31] "I hope he never comes back here." The subject of the verb would appear to be the Comendador.

[32] A mild oath like "I'll be doggoned."

[33] *más pesadumbre te diera*—"would upset you more"

[34] Part of a *refrán* or popular saying. It's meaning is fairly obvious.

[35] Another mild oath.

[36] An example of hyperbaton: *¿A qué efecto bueno sería querer yo a Fernando?*—"What good would it be to love Fernando?"

LAURENCIA: Luego la infamia° condeno.   infamy
                  ¡Cuántas mozas° en la villa,   girls
                  del comendador fiadas,°   trusting
                  andan ya descalabradas!°   in ruins

5   PASCUALA: 'Tendré yo por maravilla°   I'll be astonished
                  que te escapes de su mano.

LAURENCIA: Pues en vano es lo que ves,
                  porque ha° que me sigue un mes,   = hace
                  y todo, Pascuala, en vano
10   Aquel Flores, su alcahuete,°   pimp
                  y Ortuño, aquel socarrón,°   rascal
                  me mostraron un jubón,°   dress
                  una sarta° y un copete.°   necklace, bonnet
                       Dijéronme tantas cosas
15   de Fernando, su señor,
                  que me pusieron temor°;   fear
                  mas no serán poderosas
                      para contrastar° mi pecho.   win over

PASCUALA: ¿Dónde te hablaron?

20 LAURENCIA: Allá
                  en el arroyo,° y habrá°   stream, = hará
                  seis días.

PASCUALA: Y yo sospecho°   suspect
                  que te han de engañar,° Laurencia.   deceive

25 LAURENCIA: ¿A mí?

PASCUALA: Que no, sino al cura.°   priest

LAURENCIA: Soy, aunque polla,° muy dura°   young, tough
                  yo para 'su reverencia.°   his reverence
                  Pardiez[37], más precio poner,
30   Pascuala, 'de madrugada,°   early out of bed

---

[37] Again, a mild oath, "My goodness!"

	un pedazo° de lunada°	slice, ham
	al huego° para comer,	fire (*fuego*)
	con tanto zalacotón[38]	
	de una rosca° que yo amaso,°	bread, knead
5	y hurtar° a mi madre un vaso	steal
	del pegado cangilón[39],	
	y más precio al mediodía	
	ver la vaca° entre las coles°	beef, cabbage
	haciendo mil caracoles°	somersaults
10	con espumosa° armonía°;	frothy, harmony
	y concertar,° si el camino	arrange
	me ha llegado a causar	
	pena,casar un berenjena°	eggplant
	con otro tanto tocino°;	bacon
15	y después un pasatarde,°	snack
	mientras la cena 'se aliña,°	is prepared
	de una cuerda° de mi viña,°	bunch of grapes,
	que Dios de pedrisco° guarde°;	vineyard; hail-
	y cenar un salpicón°	storm; save; hash
20	con su aceite y su pimienta,	
	e irme a la cama contenta,	
	y al "inducas tentación"[40]	
	'rezalle mis devociones[41],	
	que cuantas raposerías,°	deceptions
25	con su amor y sus porfías,°	stubborness
	tienen estos bellacones°;	villains
	porque todo su cuidado,°	worry
	después de darnos disgusto,	
	es anochecer° con gusto	go to bed
30	y amanecer° 'con enfado.°	wake up, angry

PASCUALA: Tienes, Laurencia, razón;

---

[38] No one is sure exactly what this word means. In this context, it appears it could be "hunk" or "large slice".

[39] This is a jar coated with wax or a tar-like substance so liquid cannot leak out. In this case, the jar probably contains wine.

[40] Part of the Our Father in broken Latin: "And lead us not into temptation" (*Y no nos dejes caer en la tentación*)

[41] "To say my prayers."

que en dejando de querer,
más ingratos° 'suelen ser°   ungrateful, they
que al villano° el gorrión.°   usually are; not
   En el invierno, que el frío   noble, sparrow
5   tiene los campos helados,°   frozen
deciendon° de los tejados,°   = descienden, roo
diciéndole: "tío, tío,"   tops
   hasta llegar a comer
las migajas° de la mesa;   crumbs
10   mas luego que el frío cesa,°   stops
y el campo ven[42] florecer,°   flower
   no bajan diciendo "tío,"
del beneficio° olvidados[43],   favor
mas saltando en los tejados
15   dicen: "judío,° judío."   Jew
   Pues tales los hombres son:
cuando 'nos han menester,°   when in need of u
somos su vida, su ser,°   being
su alma,° su corazón;   soul
20   pero pasadas las ascuas,°   embers
las tías somos judías,
y en vez de llamarnos tías,
anda 'el nombre de las pascuas.°   insults

LAURENCIA: No fiarse° de ninguno.   trust

25   PASCUALA: Lo mismo digo, Laurencia.

[ESCENA IV]
SALEN MENGO, BARRILDO Y FRONDOSO

FRONDOSO: En aquesta diferencia°   dispute
                 andas, Barrildo, importuno.

30   BARRILDO: A lo menos aquí está
                 quien nos dirá 'lo más cierto.°   truth

---

[42] The subject of this verb is still *los gorriones*.

[43] *Olvidados* modifies *gorriones*. The "sparrows" are forgetful of the favor.

MENGO:	Pues hagamos un concierto°	agreement
	antes que lleguéis allá,	
	y es, que si juzgan 'por mí,°	in my favor
	me dé cada cual la prenda,°	prize
5	precio de aquesta contienda.°	dispute

BARRILDO: Desde aquí digo que sí.
           Mas si pierdes, ¿qué darás?

MENGO:	Daré mi rabel° de boj,°	violin-like instru-
	que vale más que una troj,°	ment, boxwood;
10	porque yo le estimo en más.	granary
BARRILDO:	Soy contento.	

FRONDOSO: Pues lleguemos.
           Dios os guarde, hermosas damas.°   ladies

LAURENCIA: ¿Damas, Frondoso, nos llamas?[44]

15 FRONDOSO:	Andar al uso queremos:	
	al bachiller, licenciado;[45]	
	al ciego, tuerto; al bisojo,	
	bizco; resentido, al cojo;[46]	
	y buen hombre, al descuidado.°	negligent
20	Al ignorante, sesudo°;	intelligent
	al 'mal galán,° soldadesca°;	rude, soldierly
	a la boca grande, fresca°;	amusing
	y al ojo pequeño, agudo.°	sharp-eyed
	Al pleitista,° diligente;	quarrelsome
25	gracioso al entremetido°;	busybody
	al hablador,° entendido°;	talker, well-infor-

---

[44] Laurencia is surprised because they are not *damas* (ladies) but *mozas* (lasses) or *doncellas* (maidens).

[45] *Bachiller* was one who had graduated from the university, and *licenciado* had an advanced degree. As you will read, this whole discourse is an instance of "double speak;" Frondoso will exagerate the importance of everything.

[46] *Ciego...* blind man, blind in one eye, cross-eyed man; squinty, impaired, lame.

y al insufrible,° valiente.
  Al cobarde,° 'para poco°;
al atrevido,° bizarro°;
compañero al 'que es un jarro°;
5 y desenfadado,° al loco.
  Gravedad,° al descontento°;
a la calva,° autoridad;
donaire,° a la necedad;
y al pie grande, buen cimiento.°
10 Al buboso[47], resfrïado°;
comedido° al arrogante;
al ingenioso,° constante;
al corcovado,° cargado.°
  Esto llamaros imito,°
15 damas, sin pasar de aquí;
porque fuera hablar así
proceder° en infinito.

LAURENCIA: Allá en la ciudad, Frondoso,
llámase por cortesía
20 de esta suerte; y a fe mía,
que hay otro más riguroso°
  y peor vocabulario
en las lenguas descorteses.°

FRONDOSO: Querría que lo dijeses.

25 LAURENCIA: Es todo a esotro° contrario:
  al hombre grave, enfadoso°;
venturoso° al descompuesto°;
melancólico° al compuesto°;
y al que reprehende,° odioso.°
30 Importuno al que aconseja;
al liberal,° moscatel°;
al justiciero,° crüel;
y al que es piadoso,° madeja.°
  Al que es constante,° villano°;
35 al que es cortés, lisonjero°;

Marginal glosses (right column):
med; unbearable
coward, good-for-
nothing; imper-
tinent, brave;
boring; self-
assured, serious-
ness, unhappy;
bald; carefree
with a good base
with a cold
reserved
obsessive
hunchback, stoop-
ed; I imitate

continue

critical

discourteous

those things you
said; disagreeable
forthright, rash
melancholy,
modest; corrects,
hateful
generous, big
spender, just
merciful, weak
constant, base
flatterer

---

[47] The tumors Frondoso is talking about were the product of syphilis.

hipócrita al limosnero°;   almsgiver
y pretendiente° al cristiano.   favor-seeker
   Al justo mérito,° dicha°;   talent, luck
a la verdad, imprudencia;
5   cobardía° a la paciencia;   cowardice
y culpa° a lo que es desdicha.°   blame, bad luck
   Necia a la mujer honesta;
mal hecha a la hermosa y casta°;   chaste
y a la honrada…° Pero basta;   honorable
10 que esto basta por respuesta.

MENGO: Digo que eres el dimuño.°   devil (*demonio*)

LAURENCIA: ¡Soncas° que lo dice mal!   really

MENGO: Apostaré° que la sal   I'll bet
            la echó el cura con el puño.[48]

15 LAURENCIA: ¿Qué contienda os ha traído,
            si no es que mal lo entendí?

FRONDOSO: Oye, por tu vida.

LAURENCIA: Di.

FRONDOSO: 'Préstame, Laurencia, oído.°   pay attention to
20   me
LAURENCIA: Como prestado, y aun dado,[49]
            desde agora os doy el mío.

FRONDOSO: En tu discreción confío.°   I trust

LAURENCIA: ¿Qué es lo que habéis apostado?

---

[48] Because of the way Laurencia speaks, Mengo says that when she was baptized, the priest must have put a fistful of salt on her tongue instead of just a little bit. Salt is the theological symbol of grace. In this sentence, there is also a case of *laísmo*. The *la* acts as the indirect object (referring to Laurencia).

[49] A play on words with *prestar* and *dar*.

FRONDOSO:	Yo y Barrildo contra Mengo.
LAURENCIA:	¿Qué dice Mengo?

BARRILDO: Una cosa
que, siendo cierta y forzosa,°   necessary
5   la niega.°   he denies

MENGO: A negarla vengo,
porque yo sé que es verdad.
LAURENCIA: ¿Qué dice?

BARRILDO: Que no hay amor.

10 LAURENCIA: Generalmente,° es rigor.°   in general terms, a
                                                                            broad statement

BARRILDO: Es rigor y es necedad.
        Sin amor, no se pudiera
        ni aun el mundo conservar.°   remain

15 MENGO: Yo no sé filosofar°;   philolophize
        leer, ¡ojalá supiera!
           Pero si los elementos
        en discordia° eterna viven,   discord
        y de los mismos° reciben   = elementos
20   nuestros cuerpos alimentos,°   food
           cólera y melancolía,
        flema y sangre, claro está.[50]

BARRILDO: El mundo de acá y de allá,
        Mengo, todo es armonía.
25   Armonía es puro amor,

---

[50] Mengo uses the Renaissance medical theory of the four bodily humors (choler [bile], melancholy [black bile], phlegm, and blood) to demonstrate that love, since it is not made of any of these elements, cannot not exist. The bodily humors are derived from the four elements of the earthly world (fire, water, earth, air) he mentions earlier.

	porque el amor es concierto.°⁵¹	concord
MENGO:	Del natural° os advierto°	del [amor] natural,
	que yo no niego el valor.°	I'll tell; worth
	Amor hay, y el que entre sí	
	gobierna° todas las cosas,	governs
	correspondencias° forzosas	balances
	de cuanto se mira aquí;	
	y yo jamás he negado	
	que cada cual tiene amor,	
	correspondiente a su humor,	
	que le conserva° en su estado.	keeps
	Mi mano al golpe° que viene	blow
	mi cara defenderá;	
	mi pie, huyendo, estorbará°	avoid
	el daño que el cuerpo tiene.	
	Cerraránse mis pestañas°	eyelashes
	si al ojo le viene mal,	
	porque es amor natural.	

PASCUALA: Pues, ¿de qué nos desengañas?°   enlighten

MENGO: De que nadie tiene amor
                   más que a su misma persona.

PASCUALA: Tú mientes, Mengo, y perdona⁵²;
                   porque, ¿'es materia el rigor⁵³
                   con que un hombre a una mujer
                   o un animal quiere y ama
                   su semejante?°   mate

MENGO: Eso llama
                   'amor propio,° y no querer.   self love

---

⁵¹ Barrildo briefly sketches the Neoplatonic concept of the correspondence that exists in this world and the heavenly world. Earthly love reflects the higher harmony in that other world.

⁵² At the time, whenever something crass or base (including calling someone a liar) was said, it was the custom to beg pardon. Cervantes makes fun of this tradition in *Don Quijote*, I.2.

⁵³ "Is it just instinct…"

mundo de ideal de campesinos

¿Qué es amor?

| LAURENCIA: | Es un deseo° | desire |

de hermosura. *doctrina filosófica*

| MENGO: | Esa hermosura, | |
| 5 | ¿por qué el amor la procura?° | obtain |

| LAURENCIA: | Para gozarla.° | enjoy it |

MENGO:	Eso creo.	
	Pues ese gusto° que intenta,°	desire, it tries for
	¿no es para él mismo?	

| 10 LAURENCIA: | Es así. | |

| MENGO: | Luego ¿por quererse a sí | |
| | busca el bien que le contenta?° | satisfy |

| LAURENCIA: | Es verdad. | |

MENGO:	Pues de ese modo°	way
15	no hay amor sino el que digo,	
	que por mi gusto le sigo	
	y quiero dármele en todo.	

BARRILDO:	Dijo el cura del lugar	
	cierto día en el sermón	
20	que había cierto Platón[54]	
	que nos enseñaba a amar;	
	que éste amaba el alma° sola	soul
	y la virtud° de lo amado.	virtue

PASCUALA:	En materia° habéis entrado	matter
25	que, por ventura, acrisola°	tests
	los caletres° de los sabios°	wits, wise men
	en sus cademias° y escuelas.	academies

---

[54] Plato (427-347 BC) influential Greek philosopher whose dialogues were of great importance to the formation of Renaissance philosophy.

LAURENCIA:	Muy bien dice, y no te muelas en persuadir sus agravios.[55] Da gracias, Mengo, a los cielos, que te hicieron sin amor.	
MENGO:	¿Amas tú?	
LAURENCIA:	Mi propio honor.	
FRONDOSO:	Dios te castigue con celos.°	jealousy
BARRILDO:	¿Quién gana?	
PASCUALA:	Con la quistión° podéis ir al sacristán, porque él o el cura os darán bastante satisfacción. Laurencia no quiere bien, yo tengo poca experiencia. ¿Cómo daremos sentencia?	dispute
FRONDOSO:	¿Qué mayor que ese desdén?°	disdain

[ESCENA V]
SALE FLORES

FLORES:	'Dios guarde° a la buena gente.	keep
FRONDOSO:	Éste es del comendador crïado.	
LAURENCIA:	¡Gentil° azor!° ¿'De adónde bueno[56], pariente?°	fine, falcon "friend"
FLORES:	¿No me veis 'a lo soldado?°	as a soldier

---

[55] *y no te muelas…* Don't knock yourself out trying to convince him of his mistakes.

[56] "Where are you coming from?"

LAURENCIA: ¿Viene don Fernando acá?

FLORES: La guerra se acaba ya,
puesto que nos ha costado
alguna sangre y amigos.

5 FRONDOSO: Contadnos cómo pasó.

FLORES: ¿Quién lo dirá como yo,
siendo mis ojos testigos?°   *witnesses*
    Para emprender° la jornada°   *undertake,*
de esta ciudad, que ya tiene   *campaign*
10 nombre de Ciudad Real,
juntó el gallardo° maestre   *brave*
dos mil lucidos° infantes°   *magnificent,*
de sus vasallos valientes,   *infantrymen*
y trescientos de 'a caballo°   *on horseback*
15 de seglares° y de freiles°;   *secular, cleric*
porque la cruz roja obliga°   *obliges*
cuantos al pecho la tienen,
'aunque sean de orden sacro°;   *even if they be*
mas contra moros,° se entiende.   *ordained; moors*
20 Salió el muchacho bizarro°   *elegant*
con una casaca° verde,   *tunic*
bordada° de cifras° de oro,   *embroidered, lett*
que sólo los brazaletes°   *armbands*
por las mangas° descubrían,   *sleeves*
25 que seis alamares° prenden.°   *silk buttons, faster*
Un corpulento bridón,°   *saddled horse*
'Rucio rodado,° que al Betis[57]   *a grey horse*
bebió el agua, y en su orilla°   *bank*
despuntó° la grama° fértil;   *nipped, grass*
30 el codón labrado° en cintas°   *tooled, ribbons*
de ante,[58] y el rizo° copete°   *curled, mane*

---

[57] Betis is the Latin name for the Guadilquivir, the river that runs through Cordoba and Seville, both in Andalusia. Andalusian horses were (and still are) famous for their excellence.

[58] This bag used to cover the horse's tail and protect it from mud was held in place by ribbons tied at the base of the tail.

cogido° en blancas lazadas,° — gathered up, bows
que con las moscas° de nieve[59] — black spots
que bañan la blanca piel
iguales labores teje.[60]
A su lado Fernán Gómez,
vuestro señor, en un fuerte
melado,° de negros cabos,° — palomino, ectremi-
'puesto que° con blanco bebe[61]. — ties; although
Sobre turca° jacerina,° — Turkish, coat of
peto° y espaldar° luciente,° — mail; front, back,
con naranjada [casaca],[62] — shining
que de oro y perlas° guarnece.° — pearls, adorn
El morrión,° que coronado° — helmet, crowned
con blancas plumas, parece
que del color naranjado
aquellos azares° vierte°; — orange blossoms,
ceñida al brazo una liga° — spring forth, band
roja y blanca, con que mueve
un fresno° entero por lanza — ash tree
que hasta en Granada le temen.° — fear
La ciudad 'se puso en arma; — armed itself
dicen que salir no quieren
de la corona real[63],
y el patrimonio° defienden. — crown's possession
Entróla bien resistida,[64]
y el maestre a los rebeldes° — rebels
y 'a los que entonces trataron
su honor injuriosamente[65]
mandó cortar las cabezas, - de los buenos.

[59] These black spots are like flies on the surface of snow (i.e. the horse's white coat).

[60] The bows are just as striking as the decorated *codón* on the tail.

[61] Though the extemities are black, the horse's lips are white.

[62] López Estrada suggests this correction of the text "naranjad las saca" and I agree. The description of the Comendador's clothing then closely parallels the desciption of the Maestre's.

[63] That is, the city wished to remain under the control of the Catholic Monarchs, not under control of the Order.

[64] "He entered the city in spite of resistance."

[65] "those who had harmed his [el maestre's] honor"

y a los de la baja plebe,°   lower class
con mordazas° en la boca,   gags
azotar° públicamente.   whip
Queda en ella° tan temido   i.e. in the city
5   y tan amado, que creen
que quien en tan pocos años
pelea, castiga° y vence,°   punishes, conquer
ha de ser en otra edad°   time
rayo del África fértil,
10   que tantas lunas azules
a su roja cruz sujete.°[66]   subject
Al comendador y a todos
ha hecho tantas mercedes,°   gifts
que el saco° de la ciudad   plundering
15   el de su hacienda° parece.   estate
Mas ya la música suena;
recibilde alegremente,
que al triunfo las voluntades°   affection
son los mejores laureles.
20

[ESCENA VI]
SALEN EL COMENDADOR Y
ORTUÑO, MÚSICOS, JUAN ROJO Y
ESTEBAN, ALONSO, ALCAIDES. CANTAN LOS MÚSICOS

25 MUSICOS: "Sea bien venido
el comendadore[67]
de rendir° las tierras   subduing
y matar los hombres.
¡Vivan° los Guzmanes!   Long live!
30   ¡Vivan los Girones!
Si en las paces° blando,°   peace time, gentle
dulce° en las razones.°   sweet, speaking

---

[66] That is, a man as capable as the Maestre will be able to conquer (*sujetar a la cruz roja*) the Moors (*lunas azules*) of Africa.

[67] This extra –e was characteristic of medieval Spanish and is used here to give a flavor of an old song to the play and to facilitate the rhyme.

Venciendo moriscos,[68]
fuerte como un roble,
de Ciudad Reale
viene vencedore;
5   que a Fuenteovejuna
trae los pendones.°   foot soldiers
¡Viva muchos años,
viva Fernán Gómez!"

COMENDADOR: Villa, yo os agradezco° justamente   appreciate
10   el amor que me habéis aquí mostrado.°   show

ALONSO: Aun no muestra una parte del que siente.
Pero '¿qué mucho que seáis amado,
mereciéndolo vos?[69]

ESTEBAN: Fuenteovejuna
15   y el regimiento° que hoy habéis honrado,   aldermen
que recibáis os ruega° e importuna°   entreats, persis-
un pequeño presente, que esos carros   tently; requests
traen, señor, no sin vergüenza alguna,
de voluntades y árboles° bizarros,   support poles
20   más que de ricos dones.° Lo primero   gifts
traen dos cestas° de 'polidos barros°;   baskets, polished
de gansos° viene un ganadillo° entero,   clay jars; geese,
que sacan por las redes° las cabezas,   flock; nets
para cantar vueso° valor guerrero.°   *vuestro*, warlike
25   Diez cebones° en sal, valientes piezas,   fatted pigs
sin otras menudencias° y cecinas,°   trifles, cured meat
'y más que guantes de ámbar, sus cortezas.[70]
Cien pares de capones° y gallinas,°   capons, hens
que han dejado viudos a sus gallos°   roosters
30   en las aldeas° que miráis vecinas.°   small towns,
Acá no tienen armas ni caballos,   neighboring
no jaeces° bordados de oro puro,   bridles

---

[68] At this time, Ciudad Real was not a city held by the Moors, but rather was full of Christians allied with the Catholic Monarchs.

[69] "Is it a surprise that we love you since you deserve it?"

[70] That is, the rind smells better than gloves scented with amber.

si no es oro el amor de los vasallos.
    Y porque digo puro, os aseguro°   *I assure*
que vienen doce cueros,° que aun en cueros°   *wineskins, naked*
por enero podéis guardar un muro,
5   si de ellos° aforráis° vuestros guerreros,   *i.e. wineskins,*
mejor que de las armas aceradas°;   *cover; of steel*
que el vino suele dar lindos aceros.°   *spirit*
    De quesos y otras cosas no excusadas°   *superfluous*
no quiero daros cuenta. Justo pecho°   *contribution*
10   de voluntades que tenéis ganadas;
y a vos y a vuestra casa, 'buen provecho.°   *bon appétit*

COMENDADOR: Estoy muy agradecido.°   *thankful*
    Id, regimiento, en buen hora.

ALONSO: Descansad, señor, agora,
15   y seáis muy bien venido;
    que esta espadaña° que veis   *rush*
y juncia° a vuestros umbrales°   *sedge, doorway*
fueran perlas orientales,
y mucho más merecéis,
20   a ser posible a la villa.[71]

COMENDADOR: Así lo creo, señores.
    Id con Dios.

ESTEBAN: 'Ea, cantores,°   *Hey, singers*
    vaya otra vez la letrilla.°   *lyrics*

25   *CANTAN*

MÚSICOS: "Sea bien venido
el comendadore
de rendir las tierras
y matar los hombres."

---

[71] In these five verses, Alonso says that he wishes that the town could turn the reed and sedge mats around the Comendador's doorway into pearls since he (the Comendador) deserve that and more.

[ESCENA VII]
VANSE LOS MÚSICOS Y LOS ALCAIDES

COMENDADOR: Esperad vosotras dos.

LAURENCIA: ¿Qué manda su señoría?°   lordship

5 COMENDADOR: ¡Desdenes el otro día,
pues, conmigo! ¡Bien, por Dios!

LAURENCIA: ¿Habla contigo, Pascuala?

PASCUALA: Conmigo no, 'tirte ahuera.[72]

COMENDADOR: Con vos hablo, hermosa fiera,°   wild beast
10   y con esotra zagala.°   unmarried young
                ¿Mías no sois?[73]   woman

PASCUALA: Sí, señor;
mas no para casos tales.

COMENDADOR: Entrad, pasad los umbrales°;   threshold
15   hombres hay, no hayáis temor.

LAURENCIA: Si los alcaldes entraran,
que de uno soy hija yo,
bien huera° entrar; mas si no...   = fuera

COMENDADOR: ¡Flores!

20 FLORES: ¿Señor?

COMENDADOR: ¡Que reparan°   consider
en no hacer lo que les digo!

---

[72] This is a rustic exclamation that means *Tírate afuera* "Go on!"

[73] Remember, there is a semi-feudalistic relationships between the Comendador and the townspeople.

FLORES: ¡Entrad, pues!

LAURENCIA: No nos agarre.°   grab

FLORES: Entrad; que sois necias.

PASCUALA: Harre[74];

5   que echaréis luego el postigo.°   gate

FLORES: Entrad; que os quiere enseñar
lo que trae de la guerra.

COMENDADOR: Si entraren, Ortuño, cierra.

ÉNTRASE

10 LAURENCIA: Flores, dejadnos pasar.

ORTUÑO: ¿También venís presentadas°   as gifts
con lo demás?

PASCUALA: ¡Bien a fe!
Desvíese,° no le dé...   get out of the way

15 FLORES: Basta; que son extremadas.°   worked up

LAURENCIA: ¿No basta a vuestro señor
tanta carne presentada?

ORTUÑO: La vuestra es la que le agrada.°   pleases

                      como "animal"

LAURENCIA: ¡Reviente° de mal dolor!   let him burst

20   *VANSE LAURENCIA Y PASCUALA*

FLORES: ¡Muy buen recado° llevamos!   message

---

[74] Today, the word is *arre*, but in Lope's time, the "h" was pronounced (aspirated) in rustic speech. This is a word used with animals to get them to move, similar to "giddy- up".

            No se ha de poder sufrir
            lo que nos ha de decir
            cuando sin ellas nos vamos.

ORTUÑO: Quien sirve 'se obliga° a esto.   obligates himself
5   Si en algo desea medrar,°   to prosper
                o con paciencia ha de estar,
                o ha de despedirse° presto.   to say goodbye

                      [ESCENA VIII]
        VANSE LOS DOS. SALGAN EL REY DON FERNANDO,
10   *LA REINA DOÑA ISABEL,*
              MANRIQUE, Y ACOMPAÑAMIENTO

ISABEL: Digo, señor, que conviene°   it suits [us]
                el no 'haber descuido° en esto,   to be careless
                por ver [a] Alfonso[75] en tal puesto,°   position
15   y su ejército previene.°   prepares
                     Y es bien ganar por la mano
                antes que el daño° veamos;   harm
                que si no lo remediamos,°   take care
                el ser muy cierto está llano.°   clear

20 REY: De Navarra y de Aragón
                está el socorro° seguro,   help
                y de Castilla procuro°   I am attempting
                hacer la reformación°   change
                     'de modo que el buen suceso
25   con la prevención se vea.[76]

ISABEL: Pues vuestra majestad crea
                que el buen fin consiste en eso.

MANRIQUE: Aguardando° tu licencia°   waiting for, per-
                dos regidores están   mission

---

[75] This is Alfonso V of Portugal, husband of Juana, the daughter of Henry IV of Spain.

[76] "So that our success will come about because of the preventative measures."

	de Ciudad Real. ¿Entrarán?
REY:	No les nieguen mi presencia.

[ESCENA IX]
SALEN DOS REGIDORES DE CIUDAD REAL

5 REGIDOR 1:

Católico rey Fernando,
a quien ha enviado el cielo
desde Aragón a Castilla
para bien y amparo° nuestro: protection
en nombre de Ciudad Real,
10   a vuestro valor supremo
humildes nos presentamos,
el real° amparo pidiendo.   royal
A mucha dicha° tuvimos   good fortune
'tener título de vuestros[77];
15   pero pudo derribarnos°   knock us down
de este honor el hado° adverso.   fortune
El famoso don Rodrigo
Téllez Girón, cuyo° esfuerzo°   whose, strength
es en valor extremado,
20   aunque es en la edad tan tierno
maestre de Calatrava,
él, ensanchar° pretendiendo   enlarge
el honor de la encomienda,°   military order
nos puso apretado° cerco.°   tight, siege
25   Con valor nos prevenimos,°   we prepare our-
a su fuerza resistiendo,   selves
tanto, que arroyos corrían
de la sangre de los muertos.
Tomó posesión, en fin;
30   pero no 'llegara a hacerlo,°   wouldn't have been
a no °le dar° Fernán Gómez   able to do it; = d
orden,° ayuda y consejo.°   le; organization,
ad-   vice; remains

Él queda° en la posesión,
35   y sus vasallos seremos,

---

[77] That is, the city was under royal control, not under the control of a noble or a military order.

suyos, a nuestro pesar,°   displeasure
a no remediarlo° presto.   remedy it

REY: ¿Dónde queda Fernán Gómez?

REGIDOR 1:   En Fuenteovejuna creo,
5   por ser su villa, y tener
                  en ella casa y asiento.°   power base
                  Allí, con más libertad
                  de la que decir podemos,
                  tiene a los súbditos° suyos   subjects
10   de todo contento° ajenos.°   contentment, far
                                                           from

REY: ¿Tenéis algún capitán?

REGIDOR 2:   Señor, el no haberle es cierto,
                  pues no escapó ningún noble
15   de preso,° herido° o de muerto.   prisoner, wounded

ISABEL: Ese caso no requiere°   require
                  ser 'de espacio° remediado°;   slow, resolved
                  que es dar al contrario° osado°   adversary, daring
                  el mismo valor° que adquiere°;   power, acquires
20   y puede el de Portugal,[78]
                  hallando 'puerta segura,°   safe entry
                  entrar por Extremadura
                  y causarnos mucho mal.

REY: Don Manrique, partid° luego,°   leave, quickly
25   llevando dos compañías;
                  remediad sus demasías°   excesses
                  sin darles ningún sosiego.°   rest
                     El conde° de Cabra[79] ir puede   count
                  con vos; que es Córdoba osado,
30   a quien nombre de soldado
                  todo el mundo le concede°;   gives
                     que éste es el medio° mejor   means
                  que la ocasión nos ofrece.

---

[78] Alonso V.
[79] Don Diego Fernández de Córdoba.

MANRIQUE:	El acuerdo° me parece	plan
	como de tan gran valor.	
	Pondré límite a su exceso,	
	si el vivir en mí no cesa.°	ceases

5   ISABEL: Partiendo vos a la empresa,°   task
                      seguro está el buen suceso.°   outcome

[ESCENA X]
VANSE TODOS. SALEN LAURENCIA Y FRONDOSO

LAURENCIA:	'A medio torcer° los paños,°	half wrung out,
10	quise, atrevido° Frondoso	clothers; bold
	para no dar qué decir,	
	desvïarme° del arroyo[80];	to get away from
	decir a tus demasías°	audacious behavi◦
	que murmura° el pueblo todo,	whispers
15	que me miras y te miro,	
	y todos 'nos traen sobre ojo.°	watch us carefully
	Y como tú eres zagal°	strong, spirited
	de los que huellan,° brioso,°	young man; tram-
	y excediendo° a los demás	ple; spirited; beat
20	vistes bizarro y costoso,°	ing; expensively
	en todo lugar no hay moza,	
	o mozo en el prado° o soto,°	grove of trees
	que no se afirme° diciendo	affirms
	que ya para en uno somos;	
25	y esperan todos el día	
	que el sacristán Juan Chamorro	
	'nos eche de la tribuna[81]	
	en dejando los piporros[82].°	bassoon
	Y mejor sus trojes vean	
30	de rubio° trigo en agosto	golden

---

[80] Another case of hyperbaton: *Atrevido Frondoso, a medio torcer los paños quise desviarme del arroyo para no dar qué decir.*

[81] "Announces us from the pulpit"; in Catholic churches, wedding banns are announced (or now, published) in order to discover any impediment to the marriage.

[82] This verse modifies *el sacristán*.

atestadas° y colmadas,°	crammed, filled up
y sus tinajas° de mosto,°	vats, young wine
que tal imaginación	
me ha llegado a dar enojo:°	annoyance
5 ni me desvela° ni aflige°	keep me awake,
ni en ella° el cuidado° pongo.	distress; i.e. "la
	imaginación",
	care

FRONDOSO: Tal me tienen tus desdenes,
               bella Laurencia, que tomo,
10   en el peligro de verte,
               la vida, cuando te oigo.
               Si sabes que es mi intención
               el desear ser tu esposo,
               mal premio° das a 'mi fe.°   reward, loyalty

15 LAURENCIA: Es que yo no sé dar otro.

FRONDOSO: ¿Posible es que no te duelas°   ache
               de verme tan cuidadoso°   anxious
               y que imaginando en ti
               ni bebo, duermo ni como?
20   ¿Posible es tanto rigor°   severity
               en ese angélico rostro?°   face
               ¡Viven los cielos, que rabio!°   frustration

LAURENCIA: Pues salúdate[83], Frondoso.

FRONDOSO   Ya te pido yo salud,
25   y que ambos, como palomos,°   doves
               estemos, juntos los picos,°   beaks
               con arrullos° sonorosos,°   cooing, sweet
               después de darnos la iglesia...   sounding

LAURENCIA: Dilo a mi tío Juan Rojo;
30   que aunque no te quiero bien,
               ya tengo algunos asomos.°   hints; traces [of
                                                    love]

FRONDOSO: ¡Ay de mí! El señor es éste.

---

[83] Laurencia plays on the word *rabio* and *rabia* (rabies). She implies
that Frondoso should get cured of rabies.

LAURENCIA:	Tirando° viene a algún corzo.°	shooting; hunting,
	Escóndete en esas ramas.°	stag; branches
FRONDOSO:	Y ¡con qué celos[84] me escondo!	

[ESCENA XI]

5   *[VASE FRONDOSO] SALE EL COMENDADOR*

COMENDADOR:	No es malo venir siguiendo	
	un corcillo° temeroso,°	small stag, fright-
	y topar° tan bella gama.°	ened; come acoss
		doe
10 LAURENCIA:	Aquí descansaba un poco	
	de haber lavado unos paños;	
	y así, al arroyo 'me torno,°	I return
	si manda su señoría.	
COMENDADOR:	Aquesos desdenes toscos°	rough
15	afrentan,° bella Laurencia,	offend
	las gracias° que el poderoso	gifts
	cielo te dio, 'de tal suerte,°	in such a way
	que vienes a ser un monstruo.	
	Mas si otras veces pudiste	
20	hüír mi ruego° amoroso,	plea
	agora no quiere el campo,	
	amigo secreto y solo;	
	que tú sola no has de ser	
	tan soberbia,° que tu rostro	proud
25	huyas° al señor que tienes,	turn away from
	'teniéndome a mí en tan poco.°	holding me in suc
	¿No 'se rindió° Sebastiana,	low regard, surrei
	mujer de Pedro Redondo,	der
	con ser casadas entrambas,[85]	

---

[84] *Celos* can mean many different things, all of which may be applicable in this context: jealousy, zeal, or even sexual fervor (when a buck "entra en celos", he comes into rut).

[85] This "both" (*entrambas*) is confusing and there are several solutions. Possibly Sebastiana and the wife of Pedro Redondo are different people (this assumes that the text is missing *y la* before *mujer*), or the other woman of the "both" is the wife of Martín del Pozo.

	y la de Martín del Pozo,	
	habiendo apenas pasado	
	dos días del desposorio?	
LAURENCIA:	Ésas, señor, ya tenían	
5	de haber andado con otros	
	el camino de agradaros;	
	porque también muchos mozos	
	merecieron sus favores.[86]	
	Id con Dios, tras° vueso corzo;	after
10	que a no veros con la cruz,	
	os tuviera por demonio,	
	pues tanto me perseguís.	

COMENDADOR:	¡Qué estilo tan enfadoso!	
15	Pongo la ballesta° en tierra	crossbow
	[puesto que aquí estamos solos],[87]	
	y a la prá[c]tica de manos	
	reduzco melindres.°	prudish behavior

LAURENCIA:	¿Cómo?
20	¿Eso hacéis? ¿Estáis en vos?

[ESCENA XII]
SALE FRONDOSO Y TOMA LA BALLESTA

COMENDADOR:	No te defiendas.

FRONDOSO:	Si tomo
25	la ballesta ¡vive el cielo
	que no la ponga en el hombro!![88]

---

[86] Laurencia hints that those women knew how to please the Comendador because they had been down that road before with others.

[87] There is a missing verse here (we know because the rhyme scheme is not consistent); even if we take this hypothetical verse out, though, the meaning is not changed. This additional verse is suggested by Vern Williamsen.

[88] Íf Frondoso picks up the crossbow, he's afraid that he won't shoulder it, but will use it against the Comendador.

COMENDADOR: Acaba, ríndete.

LAURENCIA: ¡Cielos,
ayúdame agora!

COMENDADOR: Solos
5   estamos; no tengas miedo.

FRONDOSO: Comendador generoso,
dejad la moza, o creed
que de mi agravio° y enojo°   offense, anger
será blanco° vuestro pecho,[89]   target
10   aunque la cruz me 'da asombro.°   frightens

COMENDADOR: ¡Perro, villano!...

FRONDOSO: No hay perro.
Huye, Laurencia.

15 LAURENCIA: Frondoso,
mira lo que haces.

FRONDOSO: Vete.

[ESCENA XIII]
VASE LAURENCIA

20 COMENDADOR: ¡Oh, mal haya el hombre loco,
que 'se desciñe° la espada!   ungirds
Que, de no espantar° medroso°   frighten, fearful
la caza,° me la quité.   quarry

FRONDOSO: Pues, pardiez, señor, si toco
25   la nuez,° que os he de apiolar.°   trigger, kill
COMENDADOR: Ya 'es ida.° 'Infame, alevoso,°   she's gone, despic
suelta° la ballesta luego.°   able traitor let go
Suéltala, villano.   immediately

---

[89] *creed que vuestro pecho será blanco de mi agravio y enojo*

FRONDOSO:	¿Cómo?	
	Que me quitaréis la vida.	
	Y advertid° que Amor es sordo,	remember
	y que no escucha palabras	
	el día que está en su trono.[90]	

COMENDADOR:	Pues, ¿la espalda ha de volver	
	un hombre tan valeroso	
	a un villano? Tira,° infame,	throw down (the
	tira, y guárdate°; que rompo	the crossbow; *en*
	las leyes de caballero.[91]	*garde*

FRONDOSO:	Eso, no. Yo 'me conformo°	I comply
	con mi estado,° y, pues me es	social position
	guardar la vida forzoso,	
	con la ballesta me voy.	

COMENDADOR:	¡Peligro extraño y notorio!°	obvious
	Mas yo tomaré venganza°	revenge
	del agravio y del estorbo.°	obstacle
	¡Que no 'cerrara con° él!	attack
	¡Vive el cielo, que 'me corro!°	I'm ashamed

FIN DEL PRIMER ACTO

(handwritten notes)
- Comendador es en nivel de "Señor"
- los campesinos matan el Comendador.

---

[90] Love does not listen to reason; Frondoso knows he will have to suffer the consequences of his actions, but because of love, he could do nothing else.

[91] By challenging a *villano*, the Comendador breaks the rules of chivalry, which prohibit a knight from fighting with anyone of inferior rank.

ACTO SEGUNDO

[ESCENA I]
SALEN ESTEBAN Y OTRO REGIDOR

ESTEBAN:
Así tenga salud, como parece,
que no se saque más agora el pósito.°   granary
El año apunta° mal, y 'el tiempo crece,°   bodes, the day
y es mejor que el sustento° esté 'en depósito,°   grows longer;
aunque lo contradicen más de trece.   food, in storage

REGIDOR:
Yo siempre he sido, al fin, de este propósito,°   idea; plan
en gobernar en paz esta república.°   community

ESTEBAN:
Hagamos de ello a Fernán Gómez súplica.°   petition
No se puede sufrir que estos astrólogos,[1]   astrologers
en las cosas futuras ignorantes,
nos quieran persuadir con largos prólogos°   speeches
los secretos a Dios sólo importantes.
¡Bueno es que, presumiendo de teólogos,°   theologians
'hagan un tiempo en el que después y antes![2]
'Y pidiendo el presente lo importante,
al más sabio veréis más ignorante.[3]
¿Tienen ellos las nubes° en su casa   clouds
y el proceder° de las celestes° lumbres?°   movement, heav-
¿Por dónde ven los que en el cielo pasa,   enly, lights
para darnos con ella pesadumbres?°   worries
Ellos en el sembrar° 'nos ponen tasa:°   sow, they limit us
dacá° el trigo,° cebada° y las legumbres,°   here, wheat, bar-

---

[1] Astrologers were often used to predict the weather and (as Esteban continues below) to determine which crops should be planted.

[2] That is, they see both the past and the future.

[3] In other words, the astrologers don't do anything to help with the present situations.

calabazas,° pepinos° y mostazas…°

Ellos son, a la fe, las calabazas.°

    Luego cuentan que muere una cabeza,°

5 y después viene a ser en Transilvania[4];

que el vino será poco, y la cerveza

sobrará° por las partes de Alemania;

que se helará en Gascuña[5] la cereza,°

y que habrá muchos tigres en Hircania[6].

10 Y 'al cabo,° que se siembre o no se siembre,

el año 'se remata° por diciembre.

ley, legumes
pumpkins, cucum-
bers, mustard;
fools;important
person

will be plentiful

cherry

all in all

ends

[ESCENA II]
SALEN EL LICENCIADO LEONELO Y BARRILDO

LEONELO: A fe que no 'ganéis la palmatoria,°

15   porque ya está ocupado el mentidero.°

win first prize
meeting place

BARRILDO: ¿Cómo os fue en Salamanca[7]?

LEONELO: Es larga historia.°   story

BARRILDO: Un Bártulo[8] seréis.

LEONELO: Ni aun un barbero.°   barber

---

[4] Today, in Rumania. Esteban uses Transilvania to mean a far away place that has no importance to anyone in Fuenteovejuna.

[5] Gascony, in the south of France; another far away place.

[6] None of these prophecies really amounts to much. Germany was well know for its beer production, it's logical that trees would freeze in Gascony since it gets cold there, and in Hircania (a region of Persia, southeast of the Caspian Sea), there were many tigers.

[7] Founded in 1218, Salamanca is Spain's oldest university. The university became especially important after Alfonso X founded three chairs of canon law, and one each of rhetoric, grammar and physics in 1254. It was the most important center of learning in Spain and one of the most important in Europe until the sixteenth century.

[8] Bartolo da Sassafarrato was an Italian jurist of the fourteenth century. His textbooks were used by law students all over the world until long after his death. *Ser un Bártulo* means to be an expert in law.

Es, como digo, cosa muy notoria
en esta facultad lo que 'os refiero.°   *I tell you*

BARRILDO: Sin duda que venís buen estudiante.
LEONELO: Saber he procurado° lo importante.   *tried*

5   BARRILDO: Después que vemos tanto libro impreso[9],°   *printed*
no hay nadie que de sabio no presuma.

LEONELO: Antes que ignoran° más, siento por eso,   *don't know*
por no se reducir a breve suma°;   *summary*
porque la confusión, con el exceso,
10   los intentos resuelve en vana espuma;[10]
y aquel que de leer tiene más uso,
de ver letreros° sólo está confuso.°   *signs, confused*
    No niego yo que 'de imprimir el arte°   **= el arte de impri**
mil ingenios sacó de entre la jerga,°   **mir;** common fo
15   y que parece que en 'sagrada parte°   *holy place*
sus obras guarda y contra el tiempo alberga°;   *gives shelter*
éste las destribuye° y las reparte.°[11]   *distributes, sprea*
Débese esta invención a Gutemberga[12],   *out*
un famoso tudesco° de Maguncia,°   *German, Mainz*
20   en quien la fama su valor° renuncia.°   *fame, announces*
    Mas muchos que 'opinión tuvieron grave°   *were thought to b*
por imprimir sus obras la° perdieron;   *serious; la opinión*
tras esto, con el nombre del que sabe
muchos sus ignorancias° imprimieron.°   *ignorant ideas,*
25   Otros, en quien la baja° envidia° cabe,°   *printed; base, en-*

---

[9] Remember, the action of the play takes place in 1476. It's very unlikely that a peasant like Barrildo, probably illiterate and in a place like Fuenteovejuna, would has seen any printed book since the printing press had only been in use for about 25 years!

[10] *porque con el exceso la confusión resuelve los intentos en vana espuma-* "Because with the excess [of books] confusion dissolves their attempts into a vain foam."

[11] Leonelo points out the advantages of printing: it protects ideas and thoughts from the ravages of time and provides a greater acess to them worldwide.

[12] Johannes Gutenberg (? – 1468), the inventor of moveable type printing, born in Mainz (*Mugancia*).

	sus locos desatinos° escribieron,	vy, fits; follies
	y con nombre de aquél que aborrecían°	hated
	impresos por el mundo los envían.°	sent

BARRILDO: No soy de esa opinión.

5 LEONELO:

El ignorante

es justo que 'se vengue° del letrado.   avenge himself

BARRILDO: Leonelo, la impresión° es importante.   printing

LEONELO: Sin ella muchos siglos se han pasado,

y no vemos que en éste 'se levante°   raises up (above

10   [...—ado][13]   the others)

un Jerónimo[14] santo, un Agustino.[15]

BARRILDO: Dejadlo y asentaos,° que estáis mohino.°   sit down, angry

[ESCENA III]

SALEN JUAN ROJO Y OTRO LABRADOR

15 JUAN ROJO:

No hay en cuatro haciendas° para un dote,°   farms, dowry

si es que las vistas[16] han de ser al uso;

que el hombre que es curioso es bien que note°   pays attention

que en esto 'el barrio y vulgo° anda confuso.   everyone

LABRADOR: ¿Qué hay del comendador? No os alborote.°   get upset

---

[13] Because of the rhyme scheme, we know that a verse is missing here; the meaning of this passage is not impaired, though.

[14] Jerome (AD 340?-420), an early Church father, considered to be the most learned of his time. He was a translator of the Bible, and his Vulgate was declared the official version of the Roman Catholic Church by the Council of Trent in 1546.

[15] Augustine (354-430) was another important early Father of the Church. He adapted Platonism to conform to the Christian outlook of the world. Both Jerome and Augustine are used in this context to represent very learned men.

[16] *Las vistas* are the arrangements made to furnish the house of the newly married couple.

JUAN ROJO:	¡Cuál° a Laurencia en ese campo° puso!	the one, situation
LABRADOR:	¿Quién fue cual él tan bárbaro° y lascivo?°	barbaric, lasciviou
	Colgado° le vea yo de aquel olivo.°	hung, olive tree

[ESCENA IV]

SALEN EL COMENDADOR, ORTUÑO Y FLORES

COMENDADOR:	Dios guarde la buena gente.	
REGIDOR:	¡Oh, señor!	
COMENDADOR:	Por vida mía,	
	que se estén.[17]	
ESTEBAN:	Vusiñoría°	your lordship
	adonde suele se siente,	= **vuestra señor**
	que en pie estaremos muy bien.	
COMENDADOR:	Digo que se han de sentar.	
ESTEBAN:	De los buenos es honrar,	
	que no es posible que den	
	honra los que no la tienen.	
COMENDADOR:	Siéntense; hablaremos algo.	
ESTEBAN:	¿Vio vusiñoría el galgo?°	greyhound
COMENDADOR:	Alcalde, espantados vienen	
	esos crïados de ver	
	tan notable ligereza.°	fleetness of foot
ESTEBAN:	Es una extremada° pieza.°	amazing, thing (i
	Pardiez, que puede correr	this case, the do
	al lado de un delincuente°	criminal

---

[17] It would appear from the Comendador's reaction and what Esteban says just after that everyone has stood up. The Comendador is telling them to stay seated.

fight

o de un cobarde en qüistión.°

COMENDADOR: Quisiera en esta ocasión
que le 'hiciérades pariente°   *put in competition*
a una liebre° que por pies   *with; hare*
5   por momentos se me va.

ESTEBAN: Sí haré, par° Dios. ¿Dónde está?   *= por*

COMENDADOR: Allá vuestra hija es.

ESTEBAN: ¡Mi hija!

COMENDADOR: Sí.

10 ESTEBAN: Pues, ¿es buena
para alcanzada° de vos?   *caught*

COMENDADOR: Reñilda,° alcalde, por Dios.   *scold her*

ESTEBAN: ¿Cómo?

15 COMENDADOR: Ha dado en darme pena.
Mujer hay, y principal,
de alguno que está en la plaza,
que dio, a la primera traza,°   *try*
traza° de verme.   *manner*

20 ESTEBAN: Hizo mal;
y vos, señor, no andáis bien
en hablar tan libremente.

COMENDADOR: ¡Oh, qué villano elocuente!
¡Ah, Flores!, haz que le den
25   la Política, en que lea
de Aristóteles.[18]

---

[18] The *Politics* of Aristotle (484 –322 BC) was a major influence in
Renaissance and Baroque political philosophy. Aristotle was known as
"The Philosopher" and one of the most important influences in philosophy

ESTEBAN: Señor,
            debajo de vuestro honor
            vivir el pueblo desea.
                Mirad que en Fuenteovejuna
5   hay gente muy principal.°   of worth

LEONELO: ¿Vióse desvergüenza° igual?°   shamelessness,
                                                                           such

COMENDADOR: Pues, ¿he dicho cosa alguna
                de que os pese,° regidor?   displeases

10 REGIDOR: Lo que decís es injusto;
            no lo digáis, que no es justo
            que nos quitéis el honor.

COMENDADOR: ¿Vosotros honor tenéis?
            ¡Qué freiles de Calatrava!

15 REGIDOR: Alguno acaso se alaba
            de la cruz que le ponéis,
            que no es de sangre tan limpia.[19]

COMENDADOR: Y, ¿ensúciola° yo juntando°   do I dirty it [my
            la mía a la vuestra?   blood], joining

20 REGIDOR: Cuando
            que el mal más tiñe° que alimpia.°   stains, cleans

COMENDADOR: 'De cualquier suerte que sea,°   in any case
            vuestras mujeres se honran.

ESTEBAN: Esas palabras deshonran;

---

during the Middle Ages and beyond in Europe.

[19] The Regidor refers to the "purity of blood." Noble families had
often, at some point or another, intermarried into converted Jewish
families (conversos). Hence, noble blood was not always "Old Christian"
blood, and therefore not as pure as the blood of the peasants, who had
never intermarried.

las obras no hay quien las crea.

COMENDADOR:	¡Qué cansado° villanaje!°	wearisome,
	¡Ah! Bien hayan las ciudades,	peasantry
	que a hombres 'de calidades°	of the nobility
	no hay quien sus gustos° ataje°;	pleasures, tied
	allá 'se precian° casados	take pride
	que visiten sus mujeres.	

5

ESTEBAN:	No harán; que con esto quieres	
	que vivamos descuidados.°	off guard
	En las ciudades hay Dios	
	y más presto quien castiga.	

10

COMENDADOR: Levantaos de aquí.

ESTEBAN:	¡Que diga	
	lo que escucháis por 'los dos!°	the two (Esteban
		& Regidor)

15

COMENDADOR:	Salid de la plaza luego;	
	no quede ninguno aquí.	

ESTEBAN: Ya nos vamos.

COMENDADOR:	Pues no ansí.°	= **así**

20 FLORES: Que 'te reportes° te ruego.[20]   restrain yourself

COMENDADOR:	Querrían 'hacer corrillo°	gossip
	los villanos en mi ausencia.	

ORTUÑO: Ten un poco de paciencia.

COMENDADOR:	De tanta 'me maravillo.°	I'm amazed
	Cada uno de por sí	
	se vayan hasta sus casas.	

25

---

[20] Both by the Comendador's words and Flores's, it appears that the Comendador's action indicates a physical threat to Esteban and the Regidor.

LEONELO: ¡Cielo! ¿Qué por esto pasas?

ESTEBAN: Ya yo me voy por aquí.

[ESCENA V]
VANSE LOS LABRADORES

5 COMENDADOR: ¿Qué os parece de esta gente?

ORTUÑO: No sabes disimular,°   *hide; conceal*
               que no quieres escuchar
               el disgusto° que se siente.   *annoyance*

COMENDADOR: Éstos ¿se igualan° conmigo?   *are equal*

10 FLORES: Que no es aqueso igualarse.

COMENDADOR: Y el villano, ¿ha de quedarse°   *keep*
               con ballesta y sin castigo?°   *punishment*

FLORES: Anoche pensé que estaba
               a la puerta de Laurencia,
15   y a otro, que su presencia
               y su capilla° imitaba,   *cape (not chapel)*
                de oreja a oreja le di
               un beneficio famoso.[21]

COMENDADOR: ¿Dónde estará aquel Frondoso?

20 FLORES: Dicen que anda por ahí.

COMENDADOR: ¡Por ahí 'se atreve° a andar   *dares*
               hombre que matarme quiso!

FLORES: Como el ave° sin aviso,°   *bird, warning*
               o como el pez,° viene a dar   *fish*

---

[21] Flores mistook another for Frondoso because of the cape and mannerisms of the other. Flores also scarred him from ear to ear with his sword.

al reclamo° o al anzuelo.°   snare, hook

COMENDADOR: ¡Que a un capitán cuya espada
              tiemblan° Córdoba y Granada,²²   trembles
              un labrador, un mozuelo
5   ponga una ballesta al pecho!
              El mundo se acaba, Flores.

FLORES: Como eso pueden amores.

ORTUÑO: Y pues que vive, sospecho
                  que grande amistad le debes.

10 COMENDADOR: Yo he disimulado, Ortuño;
              que si no, 'de punta a puño,°   from one end of
              antes de dos horas breves,°   town to the
                  pasara todo el lugar;²³   other; short
              que hasta que llegue ocasión
15   al freno° de la razón   bridle
              hago la venganza estar.
                  ¿Qué hay de Pascuala?

FLORES: Responde
              que anda agora por casarse.

20 COMENDADOR: ¿Hasta allí 'quiere fiarse?°   she wants credit

FLORES: En fin, te remite° donde   sends
              te pagarán 'de contado.°²⁴   in cash

COMENDADOR: ¿Qué hay de Olalla?

---

²² At the time, Cordoba was a Christian city loyal to the monarchy and
Granada was still under control of the Moors.
²³ *de punta a puño*…- "From one end to the other, I would have run the
sword through all of them."
²⁴ Both Flores and the Comendador are using commercial terms. The
idea is, Pascuala will settle her account in cash [i.e. with her body] when
she's married.

ORTUÑO: Una graciosa
respuesta.

COMENDADOR: Es moza brïosa.
¿Cómo?

5   ORTUÑO: Que su desposado°   fiance
anda tras ella estos días
celoso° de mis recados   jealous
y de que con tus crïados
a visitarla venías;
10   pero que si 'se descuida°   is not careful
entrarás como primero.

COMENDADOR: ¡Bueno, a fe de caballero!
Pero el villanejo[25] cuida…°   is careful

ORTUÑO: Cuida, y 'anda por los aires.°   is on guard

15   COMENDADOR: ¿Qué hay de Inés?

FLORES: ¿Cuál?

COMENDADOR: La de Antón.

FLORES: Para cualquier ocasión
ya ha ofrecido sus donaires.°   favors
20   Habléla por el corral,°   stable yard
por donde has de entrar si quieres.

COMENDADOR: A las fáciles mujeres
quiero bien y pago mal.
         Si éstas supiesen, ¡oh, Flores!,
25   estimarse° en lo que valen…   to esteem
                                                themselves

FLORES: No hay disgustos que se igualen
a contrastar° sus favores.   win
         Rendirse presto desdice°   is unworthy

---

[25] Despective form of *villano*.

de la esperanza° del bien°;   hope, good
mas hay mujeres también,
porque el filósofo[26] dice,
    que apetecen° a los hombres   yearn for
5   como la forma desea
la materia;[27] y que esto sea
así, no hay de qué te asombres.

COMENDADOR: Un hombre de amores loco
huélgase° que a su accidente°   is happy, passion
10   se le rindan fácilmente,
mas después 'las tiene en poco,°   has little respect
    'y el camino de olvidar,   for them
al hombre más obligado
es haber poco costado
15   lo que pudo desear.[28]

[ESCENA VI]
SALE CIMBRANOS, SOLDADO

CIMBRANOS: ¿Está aquí el comendador?

ORTUÑO: ¿No le ves en tu presencia?

20 CIMBRANOS: ¡Oh, gallardo Fernán Gómez!
Trueca° la verde montera°   change, cap
en el blanco morrión
y el gabán° en armas° nuevas;   cloak, armour
que el maestre de Santiago
25   y el conde de Cabra cercan°   seige
a don Rodrigo Girón,
por la castellana° reina,   Castilian
en Ciudad Real; de suerte

---

[26] The Philosopher is Aristotle; see note 18 of this *jornada*.

[27] Aristotle says, "The truth is that what desires the form is matter, as the female desires the male and the ugly the beautiful…" (*Physics* I.9. Trans. R.P. Hardie and R.K. Gaye. Princeton: Princeton UP, 1995).

[28] *Al hombre más obligado, el camino de olvidar es haber costado poco lo que pudo desear.*- "Men in love forget that which they desired if it costs little."

'que no es mucho que se pierda
lo que en Calatrava sabes
que tanta sangre le cuesta.[29]
Ya divisan° con las luces,   are seen
5 desde las altas almenas°   battlements
'los castillos° y leones   castles
y barras° aragonesas[30].°   bars, Aragonese
Y aunque el rey de Portugal
honrar° a Girón quisiera,   support
10 no hará poco en que el maestre
a Almagro con vida vuelva.
Ponte a caballo, señor;
que sólo con que te vean
'se volverán° a Castilla.   they [the soldiers]
15   will return

COMENDADOR: No prosigas°; tente, espera. continue
Haz, Ortuño, que en la plaza
toquen luego una trompeta.
¿Qué soldados tengo aquí?

20

ORTUÑO: Pienso que tienes cincuenta.

COMENDADOR: Pónganse a caballo todos.

CIMBRANOS: Si no caminas apriesa,°   quickly
Ciudad Real es del rey.

25 COMENDADOR: No 'hayas miedo° que lo sea. do not be afraid

[ESCENA VII]
VANSE TODOS. SALEN MENGO, LAURENCIA
Y PASCUALA, HUYENDO

PASCUALA: No 'te apartes° de nosotras.   leave

---

[29] "It won't be long before that which cost so much blood and was won for Calatrava is lost".

[30] The castle, lions and bars are symbols found on the Catholic Monarchs' coat of arms.

MENGO:	Pues, ¿a qué tenéis temor?	
LAURENCIA:	Mengo, a la villa es mejor	
	que vamos unas con otras,	
	pues que no hay hombre ninguno,	
5	porque no 'demos con él.°	come upon him
MENGO:	¡Que este demonio° crüel	demon
	nos sea tan importuno!	
LAURENCIA:	No nos deja 'a sol ni a sombra.°	niether day or night
10 MENGO:	¡Oh! Rayo del cielo baje	
	que sus locuras° ataje.°	crazy deeds, bind
LAURENCIA:	Sangrienta° fiera 'le nombra°;	bloodthirsty, call him; arsenic
	arsénico° y pestilencia°	
	del lugar.°	town
15 MENGO:	Hanme° contado	= me han
	que Frondoso, aquí en el prado,	
	para librarte,° Laurencia,	free you
	le puso al pecho una jara.°	arrow
LAURENCIA:	Los hombres aborrecía,	
20	Mengo; mas desde aquel día	
	los miro con otra cara.	
	¡Gran valor tuvo Frondoso!	
	Pienso que le ha de costar	
	la vida.	
25 MENGO:	Que del lugar	
	se vaya, será forzoso.	
LAURENCIA:	Aunque ya le quiero bien,	
	eso mismo le aconsejo;	
	mas recibe mi consejo	
30	con ira,° rabia° y desdén;	anger, fury
	y jura el comendador	
	que le ha de colgar de un pie.	

PASCUALA: ¡Mal garrotillo le dé![31]

MENGO: Mala pedrada° es mejor!   stoning
               ¡'Voto al sol[32], si le tirara
               con la° que llevo al apero,°   = la *piedra*, sling
5   que al sonar el crujidero°   snap of the straps
               al casco° se la encajara![33]   of the sling; head
               No fue Sábalo[34], el romano,
               'tan vicioso por jamás.°   was never as
                                                         vicious

10 LAURENCIA: Heliogábalo[35] dirás,
               más que una fiera inhumano.

MENGO: Pero Galván[36], o quien fue,
               que yo no entiendo de historia;
               mas su cativa° memoria   despicable
15   vencida° de éste° se ve.   surpassed, i.e. él
               ¿Hay hombre en naturaleza
               como Fernán Gómez?

PASCUALA: No;
               que parece que le dio
20   de una tigre la aspereza.°   harshness

                    [ESCENA VIII]
                    SALE JACINTA

JACINTA: Dadme socorro, por Dios,

---

[31] *Garrotillo* can mean two things: it can be a disease that causes vomiting, headaches and fever; it can also be interpreted as the diminutive of *garrote* (garrote-death by strangulation). It seems that one is as good as the other to Pascuala in this case.

[32] Another oath.

[33] "I would jam it into his head"

[34] Deformation of *Heliogábalo* (see the next note).

[35] Heliogabalus was a Roman emperor (AD 218 to 222) noted for eccentric behavior. He was killed by his own body guards.

[36] A figure from the *romances* (popular poems of the time). Galván kidnapped and mistreated Moriana, and thus the comparison with the Comendador.

si la amistad° os obliga.   friendship

LAURENCIA: ¿Qué es esto, Jacinta amiga?

PASCUALA: 'Tuyas lo somos las dos[37].

JACINTA: Del comendador crïados,
5   que van a Ciudad Real,
                        más de infamia natural
                        que de noble acero° armados,   steel
                            me quieren llevar a él.[38]

LAURENCIA: Pues, Jacinta, Dios te libre;
10   que cuando contigo es libre,°   inconsiderate
                        conmigo será crüel.

                        VASE LAURENCIA

PASCUALA: Jacinta, yo no soy hombre
                        que te pueda defender.

15   *VASE PASCUALA*

MENGO: Yo sí lo tengo de ser,
                        porque tengo el ser y el nombre.
                            Llégate, Jacinta, a mí.

JACINTA: ¿Tienes armas?

20 MENGO: Las primeras
                        del mundo.

JACINTA: ¡Oh, si las tuvieras!

MENGO: Piedras° hay, Jacinta, aquí.   stones

---

[37] "We're both yours"
[38] Hyperbaton: *Los criados del comendador que van a Ciudad Real, armados más de infamia natural que noble acero, me quieren llevar a él.*

[ESCENA IX]
SALEN FLORES Y ORTUÑO

FLORES:	¿Por los pies pensabas irte?
JACINTA:	¡Mengo, muerta soy!
5 MENGO:	Señores...
	¿A estos pobres labradores?...

ORTUÑO: Pues, ¿tú quieres persuadirte°   dare
                  a defender la mujer?

MENGO: Con los ruegos la defiendo;
10   que soy su deudo y pretendo°   I'll try
                  guardarla, si puede ser.

FLORES: Quitalde° luego la vida.[39]   Take away

MENGO: ¡Voto al sol, si 'me emberrincho,°   I fly into a rage
                  y el cáñamo° 'me descincho,°   sling, I'll take off
15   que la° llevéis bien vendida!°   = la *vida*,
bandaged

[ESCENA X]
SALEN EL
COMENDADOR Y CIMBRANO

20   COMENDADOR: ¿Qué es eso? ¿A cosas tan viles°   despicable
                  me habéis de hacer apear?°   dismount

FLORES: Gente de este vil lugar,
                  que ya es razón que aniquiles,°   humble
                     pues en nada te da gusto,
25   a nuestras armas se atreve.

MENGO: Señor, si piedad° os mueve   mercy
                  de soceso° tan injusto,   event (*suceso*)

---

[39] In other words, "Kill him."

     castigad estos soldados,
que con vuestro nombre agora
roban una labradora
a esposo y padres honrados;
5   y dadme licencia a mí
que se la pueda llevar.

COMENDADOR: Licencia les quiero dar...
     para vengarse de ti.
10   Suelta la honda.°   sling

MENGO: Señor!

COMENDADOR: Flores, Ortuño, Cimbranos,
     con ella° le atad° las manos.   = la *honda*, tie up

MENGO: ¿Así volvéis por su honor?

15 COMENDADOR: ¿Qué piensan Fuenteovejuna
     y sus villanos de mí?

MENGO: Señor, ¿en qué os ofendí,
     ni el pueblo en cosa ninguna?

FLORES: ¿Ha de morir?

20 COMENDADOR: No ensuciéis
las armas, que habéis de honrar
en otro mejor lugar.

ORTUÑO: ¿Qué mandas?

COMENDADOR: Que lo azotéis.
25   Llevalde, y en ese roble
le atad y le desnudad,°   strip
y con las riendas...°   reins

MENGO: ¡Piedad!
     ¡Piedad, pues sois hombre noble!

30 COMENDADOR: Azotalde hasta que salten

	los hierros° de las correas.°	iron studs, straps

MENGO: ¡Cielos! ¿A hazañas° tan feas   deeds
                 queréis 'que castigos falten?°   are not punished

[ESCENA XI]
5   *VANSE MENGO, FLORES Y ORTUÑO*

COMENDADOR: Tú, villana, ¿por qué huyes?
                 ¿Es mejor un labrador
                 que un hombre de mi valor?
JACINTA: ¡Harto° bien me restituyes   enough
10   el honor que me han quitado
                 en llevarme para ti!

COMENDADOR: ¿En quererte llevar?

JACINTA: Sí;
                 porque tengo un padre honrado,
15   que si en alto nacimiento°   birth
                 no te iguala, en las costumbres°   manners
                 te vence.

COMENDADOR: Las pesadumbres°   unpleasantness
                 y el villano atrevimiento°   daring
20   no tiemplan° bien un airado.°   calm, angry (man
                 'Tira por ahí.°   Come along

JACINTA: ¿Con quién?

COMENDADOR: Conmigo.

JACINTA: Míralo bien.

25 COMENDADOR: Para tu mal lo he mirado.
                 Ya no mía, del bagaje°   baggage train
                 del ejército has de ser.
JACINTA: No tiene el mundo poder
                 para hacerme, viva, ultraje.°   outrage

30 COMENDADOR: ¡Ea, villana, camina!

JACINTA: ¡Piedad, señor!

COMENDADOR: No hay piedad.

JACINTA: Apelo° de tu crueldad   I appeal
                  a la justicia divina.

5   [ESCENA XII]
        LLÉVANLA Y VANSE. SALEN LAURENCIA Y FRONDOSO

LAURENCIA: ¿Cómo así a venir te atreves,
                  sin temer tu daño.

FRONDOSO: Ha sido
10   'dar testimonio cumplido°   to completely
                  de la afición° que me debes.   prove; affection
                      Desde aquel recuesto° vi   hill
                  salir al comendador,
                  y fiado en tu valor
15   todo mi temor perdí.
                      Vaya donde no le vean
                  volver.

LAURENCIA: Tente° en maldecir,°   stop, cursing
                  porque 'suele más vivir°   usually live longer
20   al que la muerte desean.

FRONDOSO: Si es eso, viva mil años,
                  y así se hará todo bien
                  pues deseándole bien,
                  estarán ciertos sus daños.
25   Laurencia, deseo saber
                  si vive en ti 'mi cuidado,°   pangs of love for
                  y si mi lealtad° ha hallado   me; loyalty
                  'el puerto de merecer.°   the port it deserves
                      Mira que 'toda la villa°   everyone
30   ya 'para en uno° nos tiene;   as one
                  y 'de cómo a ser no viene°   if it doesn't come
                  la villa se maravilla.   to be
                      Los desdeñosos° extremos°   disdainful, ex-

	deja, y responde "no" o "sí."	tremes
LAURENCIA:	Pues a la villa y a ti	
	respondo que lo° seremos.	i.e. "one"
FRONDOSO:	Deja que tus plantas° bese[40]	feet
5	Por la merced recebida,°	received (*recibida*)
	pues el cobrar° nueva vida	receive
	por ella es bien que confiese.°	confess
LAURENCIA:	De cumplimientos° acorta°;	compliments, sho
	y 'para que mejor cuadre,°	en; so that things
10	habla, Frondoso, a mi padre,	go well
	pues es lo que más importa,	
	que allí viene con mi tío;	
	y fía° que ha de tener	trust
	ser, Frondoso, tu mujer	
15	'buen suceso.°[41]	happy ending
FRONDOSO:	En Dios confío.	

[ESCENA XIII]
*ESCÓNDESE LAURENCIA. SALEN
ESTEBAN, ALCALDE, Y EL REGIDOR*

20 ESTEBAN:	Fue su término° de modo,	conduct
	que la plaza alborotó.°	agitated
	En efecto, procedió°	preceded
	muy descomedido° en todo.	rude
	No hay a quien admiración	
25	sus demasías° no den°;	excesses, cause
	la pobre Jacinta es quien	wonder
	pierde por su sinrazón.°	injustice
REGIDOR:	Ya a los católicos reyes,	
	que este nombre les dan ya,	

---

[40] Forms of *dejarme besar las plantas* are common in Golden Age theater, especially when a person meets with royalty.
[41] *...que ser tu mujer ha de tener buen suceso*

presto España les dará
la obediencia de sus leyes.
   Ya sobre Ciudad Real,
contra el Girón que la tiene,
5   Santiago[42] a caballo viene
por capitán general.
   Pésame; que era Jacinta
doncella° 'de buena pro.°   young unmarried
                                        woman, good

10   ESTEBAN: Luego a Mengo le azotó.

REGIDOR: No hay negra bayeta° o tinta°   a type of cloth, ink
                 como sus carnes° están.   flesh

ESTEBAN: Callad; que me siento arder°   burn
                 viendo su mal proceder°   behavior
15   y el mal nombre que le dan.
   Yo, ¿para qué traigo aquí
este palo° sin provecho?°[43]   staff, use

REGIDOR: Si sus crïados lo han hecho
                 ¿de qué os afligís así?

20   ESTEBAN: ¿Queréis más? Que me contaron
que a la° de Pedro Redondo   = la *esposa*
un día, que en lo más hondo°   deep
de este valle° la encontraron,   valley
   después de sus insolencias,°   outrages
25   a sus crïados la dio.

REGIDOR: Aquí hay gente. ¿Quién es?
FRONDOSO: Yo,
                 que espero vuestras licencias.

ESTEBAN: Para mi casa, Frondoso,

---

[42] Santiago refers here to the Saint James, the patron saint of Spain.
Note, too, the play on words with the Order of Santiago.
  [43] Esteban refers to the staff that he carries which symbolizes the office
of *alcalde* that he holds.

licencia no es menester;
debes a tu padre el ser°   being
y a mí otro ser amoroso.°   loving
    Hete crïado,° y te quiero   raised
5   como a hijo.
FRONDOSO: Pues señor,
fïado en aquese amor,
de ti una merced espero.
    Ya sabes de quién soy hijo.

10 ESTEBAN: ¿Hate agraviado° ese loco   offended
de Fernán Gómez?

FRONDOSO: No poco.

ESTEBAN: El corazón me lo dijo.

FRONDOSO: Pues señor, con el seguro°   assurance
15   del amor que habéis mostrado,
de Laurencia enamorado,
el ser su esposo procuro.
    Perdona si en el pedir
mi lengua° 'se ha adelantado°;   tongue, has gotten
20   que he sido en decirlo osado,   ahead
como otro lo ha de decir.[44]

ESTEBAN: Vienes, Frondoso, 'a ocasión°   opportunely
que me alargarás° la vida,   you will make
por la cosa más temida°   longer; feared
25   que siente mi corazón.
    Agradezco,° hijo, al cielo   I am thankful
que así vuelvas por mi honor
y agradézcole a tu amor
la limpieza° de tu celo.°   purity, zeal
30   Mas como es justo, es razón
'dar cuenta° a tu padre de esto,   to tell
sólo digo que 'estoy presto,

---

[44] Frondoso means that his father should be dealing with the issue of marriage.

en sabiendo su intención;[45]
   que yo dichoso° 'me hallo°   blessed, I am
en que aqueso llegue a ser.

REGIDOR: De la moza 'el parecer°
5   tomad° antes de acetallo.°   ask her opinion,
                                        accepting

ESTEBAN: No tengáis de eso cuidado,
que ya el caso está dispuesto.°   resolved
Antes de venir a esto,
10   entre ellos 'se ha concertado.°   it has been agreed
     En el dote, si advertís,°   take note
se puede agora tratar°;   deal with
que por bien os pienso dar
algunos maravedís.[46]

15 FRONDOSO: Yo dote 'no he menester°;   I don't need
de eso no hay que entristeceros.°   become sad

REGIDOR: Pues que no la pide 'en cueros°   in wine
lo podéis agradecer.

ESTEBAN: Tomaré el parecer de ella;
20   si os parece, será bien.

FRONDOSO: Justo° es; que no hace bien   proper
quien los gustos atropella.°   tramples underfoot

ESTEBAN: ¡Hija! ¡Laurencia!...

LAURENCIA: ¿Señor?

25 ESTEBAN: Mirad si digo bien yo.
¡Ved qué presto respondió!
Hija Laurencia, mi amor
    a preguntarte ha venido

---

[45] "I would like to know his intentions promptly."

[46] The *maravedí* was a unit of currency. Here Estaban uses it to mean "money".

—apártate° aquí— si es bien   move over
que a Gila, tu amiga, den
a Frondoso por marido,
   que es un honrado zagal,
5   si le hay en Fuenteovejuna...

LAURENCIA: ¿Gila se casa?

ESTEBAN: Y si alguna°   any woman
le merece y es su igual...°   equal

LAURENCIA: Yo digo, señor, que sí.

10 ESTEBAN: Sí; mas yo digo que es fea
y que harto° mejor se emplea   much
Frondoso, Laurencia, en ti.

LAURENCIA: ¿Aún no se te han olvidado
los donaires° con la edad?   jokes

15 ESTEBAN: ¿Quiéresle tú?

LAURENCIA: Voluntad°   good will
le he tenido y le he cobrado°;   taken
   pero por lo que tú sabes...

ESTEBAN: ¿Quieres tú que diga sí?

20 LAURENCIA: Dilo tú, señor, por mí.

ESTEBAN: ¿Yo? Pues tengo yo las llaves.
   Hecho está. Ven, buscaremos
a mi compadre° en la plaza.   good friend

REGIDOR: Vamos.

25 ESTEBAN: Hijo, y en la traza°   plan
del dote, ¿qué le diremos?
   Que yo bien te puedo dar
cuatro mil maravedís.

FRONDOSO:	Señor, ¿eso me decís?	
	Mi honor queréis agraviar.°	injure

ESTEBAN:	Anda,° hijo; que eso es	Go on
	cosa que pasa en un día;	
	que si no hay dote, a fe mía,	
	que 'se echa menos° después.	it's missed

VANSE, Y QUEDAN FRONDOSO Y LAURENCIA

LAURENCIA:	Di, Frondoso. ¿Estás contento?	

FRONDOSO:	¡Cómo si lo estoy! ¡ 'Es poco,	
	pues que no me vuelvo loco°	I'm just about going
	de gozo,° del bien que siento!	crazy; pleasure
	Risa° vierte° el corazón	laughter, overflows
	por los ojos de alegría°	joy
	viéndote, Laurencia mía,	
	en tan dulce posesión.	

[ESCENA XIV]
*VANSE. SALEN EL MAESTRE, EL
COMENDADOR, FLORES Y ORTUÑO*

COMENDADOR:	Huye, señor, que no hay otro remedio.°	option

| MAESTRE: | La flaqueza° del muro° lo ha causado, | weakness, wall |
| | y el poderoso ejército° enemigo. | army |

COMENDADOR:	Sangre les cuesta e infinitas vidas.	

MAESTRE:	Y no 'se alabarán° que en sus despojos°	brag, spoils of war
	pondrán° nuestro pendón° de Calatrava,	have, flag of the or-
	que a honrar su empresa° y los demás bastaba.[47]	der; undertaking

| COMENDADOR: | Tus desinios,° Girón, quedan perdidos.° | plans (*designios*), |
| | | lost |

---

[47] Capturing the flag would have been, according to the Maestre, the greatest deed of the opposing army.

MAESTRE:	¿Qué puedo hacer, si la fortuna ciega a quien hoy levantó,° mañana humilla?°[48]	raised up, humbl

DENTRO

VOCES:	¡Vitoria° por los reyes de Castilla!	Victory
5 MAESTRE:	Ya coronan° de luces las almenas,° y las ventanas de las torres° altas entoldan° con pendones vitoriosos.°	crown, battlemen towers cover, victorious
COMENDADOR:	Bien pudieran,° de sangre que les cuesta. A fe que es más tragedia que no fiesta.°	could celebration
10 MAESTRE:	Yo vuelvo° a Calatrava, Fernán Gómez.	I'm returning
COMENDADOR:	Y yo a Fuenteovejuna, mientras tratas o[49] seguir esta parte° de tus deudos, o reducir° la tuya° al rey católico.	cause convert, = la part
MAESTRE:	Yo te diré por cartas lo que intento.	
15 COMENDADOR:	El tiempo ha de enseñarte.	
MAESTRE:	Ah, pocos años, sujetos° al rigor de sus engaños!	subject

---

[48] The capricious nature of fortune (often called Lady Luck in English) is a commonplace.

[49] *o...o* means "either ... or."

[Escena XV]
VANSE. SALE LA BODA, MÚSICOS, MENGO,
FRONDOSO, LAURENCIA, PASCUALA, BARRILDO,
ESTEBAN Y ALCALDE JUAN
5   *ROJO. CANTAN*

MÚSICOS: "¡Vivan muchos años
                 los desposados!°   bride and groom
                 ¡Vivan muchos años!"

MENGO: A fe que no os ha costado
10   mucho trabajo el cantar.

BARRILDO: Supiéraslo tú trovar°   compose verses
                 mejor que él está trovado.⁵⁰

FRONDOSO: Mejor entiende de azotes°   whippings
                 Mengo que de versos° ya.   verses

15 MENGO: Alguno en el valle está,
                 para que no te alborotes,°   get excited
                     a quien el Comendador...

BARRILDO: No lo digas, por tu vida;
                 que este bárbaro homicida°   murderer
20   a todos quita el honor.

MENGO: Que me azotasen a mí
                 cien soldados aquel día...
                 sola una honda tenía
                 harto desdichado° fui.   unfortunate
25   Pero que le hayan echado°   given
                 una melecina° a un hombre,   enema
                 que aunque no diré su nombre
                 todos saben que es honrado,
                     llena de tinta y de chinas°   pebbles
30   ¿cómo se puede sufrir?

---

⁵⁰ "You'd know how to write better verses than he has."

BARRILDO:	Haríalo por reír.	
MENGO:	No hay risa con melecinas;	
	que aunque es cosa saludable…°	healthy
	yo me quiero morir luego.	

5 FRONDOSO: Vaya la copla,° te ruego,   (sung) poem
si es la copla razonable.°   proper

MENGO: "Vivan muchos años juntos
los novios, ruego a los cielos,
y por envidia ni celos
10   ni riñan° ni 'anden en puntos.°   quarrel, fight
Lleven a entrambos difuntos,°   dead
de puro vivir cansados.
¡Vivan muchos años!"

FRONDOSO: ¡Maldiga el cielo el poeta,
15   que tal coplón° arrojó!°   bad *copla*, let loose

BARRILDO: Fue muy presto.°   quick

MENGO: Pienso yo
una cosa de esta seta.°   sect of poets
¿No habéis visto un buñolero°   person who make
20   en el aceite abrasando   fried pastries
pedazos de masa° echando°   dough, throwing
hasta llenarse° el caldero?°   fill up, kettle
¿Que unos le salen hinchados,°   puffed up
otros tuertos° y mal hechos,   twisted (i.e. poor
25   ya zurdos° y ya derechos,   made; poorly
ya fritos° y ya quemados?°   made; fried,
Pues así imagino yo   burned
un poeta componiendo,
la materia previniendo,°   preparing
30   que es quien la masa le dio.
Va arrojando verso aprisa
al caldero del papel,
confïado en que la miel°   honey

cubrirá 'la burla y risa[51].
    Mas 'poniéndolo en el pecho[52],
apenas hay quien los tome;
tanto que sólo los come
el mismo que los ha hecho.

BARRILDO: Déjate ya de locuras°;   crazy talk
deja los novios hablar.

LAURENCIA: Las manos nos da a besar.

JUAN ROJO: Hija, ¿mi mano procuras?°   ask for
    Pídela a tu padre luego
para ti y para Frondoso.

ESTEBAN: Rojo, a ella y a su esposo
'que se la dé el cielo ruego[53],
    con su larga bendición.°   blessing

FRONDOSO: Los dos a los dos la echad.[54]

JUAN ROJO: Ea, tañed° y cantad,   play [music]
pues que para en uno son.

CANTAN

MÚSICOS: "Al val° de Fuenteovejuna   valley
la niña en cabellos baja;
'el caballero la sigue
de la cruz de Calatrava[55].
Entre las ramas se esconde,
de vergonzosa° y turbada°;   bashful, upset
fingiendo° que no le ha visto,   pretending
pone delante° las ramas.   in front of
—¿Para qué 'te escondes,°   hide yourself
niña gallarda?°   charming

---

[51] That is, the poor quality of the verse.

[52] "Putting it before the customer"

[53] *Ruego que se la dé el cielo* "I ask that heaven give them its hand."

[54] "The two of you give the two of us your blessing."

[55] *El caballero de la cruz de Calatrava la sigue.*

Que mis linces° deseos   keen
paredes pasan.—
Acercóse° el caballero,   approached
y ella, confusa y turbada,
5   hacer quiso celosías°   screens
de las intricadas ramas;
mas como quien tiene amor
los mares y las montañas
atraviesa° fácilmente,   crosses over
10   la[56] dice tales palabras:
—¿Para qué te escondes,
niña gallarda?
Que mis linces deseos
paredes pasan—."

15   [ESCENA XVI]
SALE EL COMENDADOR, FLORES,
ORTUÑO Y CIMBRANO

COMENDADOR: Estése la boda queda°   quiet
y no 'se alborote nadie.

20 JUAN ROJO: No es juego aqueste, señor,
y basta que tú lo mandes.
¿Quieres lugar?[57] ¿Cómo vienes
con tu belicoso° alarde?°   warlike, display
¿Venciste? Mas, ¿qué pregunto?

25 FRONDOSO: ¡Muerto soy! ¡Cielos, libradme!

LAURENCIA: Huye por aquí, Frondoso.

COMENDADOR: Eso no; prendelde,° atalde.   capture him

JUAN ROJO: Date,° muchacho, a prisión.   give yourself up

---

[56] Another instance of *laísmo*; Lope uses the *la* here as the indirect object pronoun instead of *le* "to her."

[57] That is, *Would you lie a space in the celebration?*

FRONDOSO:	Pues ¿quieres tú que me maten?
JUAN ROJO:	¿Por qué?

COMENDADOR:
No soy hombre yo
que mato sin culpa a nadie;
que si lo fuera, 'le hubieran
pasado de parte a parte[58]
esos soldados que traigo.
Llevarle mando a la cárcel,   jail
donde la culpa que tiene
sentencie° su mismo padre[59].   sentence

PASCUALA: Señor, mirad que se casa.

COMENDADOR: ¿Qué me obliga que se case?
¿No hay otra gente en el pueblo?

PASCUALA: Si os ofendió, perdonadle,
por ser vos quien sois.

COMENDADOR: No es cosa,
Pascuala, en que yo soy parte[60].
Es esto contra el maestre
Téllez Girón, que Dios guarde;
es contra toda su orden,
es su honor, y es importante
para el ejemplo, el castigo;
que habrá otro día quien trate
de 'alzar pendón° contra él,   to rebel
pues ya sabéis que una tarde
al comendador mayor,
—¡qué vasallos tan leales!—
puso una ballesta al pecho.

---

[58] "…they would have run him through [with the sword] from one end to the other."

[59] In light of the Comendador's comment, Frondoso's father is a judge.

[60] *Parte* in the sense of "party in the case."

ESTEBAN: Supuesto que el disculparle°   apologizing for hi
                ya puede tocar° a un suegro,   fall to
                no es mucho que en causas tales
                'se descomponga° con vos   become disturbed
5   un hombre, en efecto, amante;
                porque si vos pretendéis
                su propia mujer quitarle,
                ¿qué mucho que la defienda?

COMENDADOR: Majadero° sois, alcalde.   idiot

10 ESTEBAN: Por vuestra virtud, señor,...

COMENDADOR: Nunca yo quise quitarle
                su mujer, pues no lo era.

ESTEBAN: Sí quisistes... Y esto baste;
                que reyes hay en Castilla,
15   que nuevas órdenes hacen,
                con que desórdenes quitan.
                Y harán mal, cuando descansen
                de las guerras, en sufrir
                en sus villas y lugares
20   a hombres tan poderosos
                por traer cruces tan grandes;
                póngasela el rey al pecho,
                que para pechos reales
                es esa insignia y no más.

25 COMENDADOR: ¡Hola!, la vara quitalde.

ESTEBAN: Tomad, señor, norabuena[61].

COMENDADOR: Pues con ella quiero darle
                como a caballo brïoso.

ESTEBAN: Por señor os sufro. Dadme.°   strike me

---

[61] *Norabuena* or *enhorabuena* is often used to intensify for emotional
effect, in effect "Take it then," or "You're welcome to it."

PASCUALA: ¿A un viejo 'de palos das?°   you beat

LAURENCIA: Si le das porque es mi padre,
                 ¿qué vengas en él de mí?[62]

COMENDADOR: Llevadla, y haced que guarden
                 su persona diez soldados.

*VASE EL
COMENDADOR Y LOS SUYOS*

ESTEBAN: Justicia del cielo baje.

VASE

PASCUALA: Volvióse en luto° la boda.   mourning

VASE

BARRILDO: ¿No hay aquí un hombre que hable?

MENGO: Yo tengo ya mis azotes,
                 que aún se ven los cardenales°   bruises
                 sin que un hombre vaya a Roma[63].
                 Prueben otros a enojarle.
JUAN ROJO: Hablemos todos.

MENGO: Señores,
                 aquí todo el mundo calle.
                 Como ruedas° de salmón   steaks
                 me puso los atabales.°   drums (= buttocks)

FIN DEL ACTO SEGUNDO

---

[62] The sense of the sentence is "Why are you taking it out on him to get back at me?"

[63] Pun on the word *cardenal*-bruise and cardenal (high ranking official of the Catholic Church).

ACTO TERCERO

[Escena I]
SALEN ESTEBAN, ALONSO Y BARRILDO

ESTEBAN:	¿No han venido a la junta?°	meeting
5 BARRILDO:	No han venido.	
ESTEBAN:	Pues más 'a priesa° nuestro daño corre.	quickly [*de prisa*]
BARRILDO:	Ya está 'lo más° del pueblo prevenido.°	the majority, warned
ESTEBAN:	Frondoso con prisiones° en la torre,	fetters
10	y mi hija Laurencia en tanto aprieto,°	difficulty
	si la piedad de Dios no los socorre…°	save

[ESCENA II]
SALEN JUAN ROJO Y EL REGIDOR

JUAN ROJO:	¿'De qué° 'dais voces,° cuando importa tanto	= por qué, shout
15	a nuestro bien, Esteban, el secreto?	
ESTEBAN:	Que doy tan pocas es mayor espanto.	

SALE MENGO

MENGO:	También vengo yo a hallarme° en esta junta.	attend
ESTEBAN:	Un hombre cuyas° canas° baña el llanto,°	whose, grey hairs lament
20	labradores honrados, os pregunta,	
	¿qué obsequias° debe hacer toda esa gente	dirges
	a su patria° sin honra, ya perdida?	birthplace
	Y si se llaman honras justamente,	
	¿cómo se harán, si no hay entre nosotros	
25	hombre a quien este bárbaro no afrente?°	disgrace

	Respondedme: ¿Hay alguno de vosotros	
	que no esté lastimado° en honra y vida?	damaged
	¿No os lamentáis los unos de los otros?[1]	
	Pues si ya la tenéis todos perdida,	
5	¿a qué aguardáis? ¿Qué desventura° es ésta?	misfortune
JUAN ROJO:	La mayor que en el mundo fue sufrida.	
	Mas pues ya se publica° y manifiesta°	is announced,
	que en paz tienen los reyes a Castilla	shown
	y su venida° a Córdoba 'se apresta,°	arrival, is being
10	vayan dos regidores a la villa	prepared
	y echándose° a sus pies pidan remedio.°	throwing them-
		selves down, solu-
BARRILDO:	En tanto que Fernando, aquél que humilla	tion
	a tantos enemigos, otro medio	
15	será mejor, pues no podrá, ocupado	
	hacernos bien, con tanta guerra 'en medio.°[2]	in the way
REGIDOR:	Si mi voto de vos fuera escuchado,	
	desamparar° la villa 'doy por voto.°	abandon, I vote for
JUAN ROJO:	¿Cómo es posible en tiempo limitado?	
20 MENGO:	A la fe, que si entiende[3] el alboroto,°	tumult
	que ha de costar la junta alguna vida.	
REGIDOR:	Ya, todo el árbol° de paciencia roto,	mast
	corre la nave° de temor perdida.[4]	ship
	La hija quitan con tan gran fiereza	
25	a un hombre honrado, de quien es regida°	governed
	la patria en que vivís, y en la cabeza	
	la vara quiebran° tan injustamente.	break

---

[1] "Don't you complain to one another?"

[2] *Otro medio será mejor en tanto que Fernando, aquel que humilla a tantos enemigos, no podrá hacernos bien [porque está] ocupado con tanta guerra en medio.*

[3] Mengo refers to the Comendador, of course.

[4] The *regidor* compares the town to a ship that has its single mast broken.

* Algun valor aceptado. y establecido

| | ¿Qué esclavo se trató con más bajeza?° | vulgarity |
| JUAN ROJO: | ¿Qué es lo que quieres tú que el pueblo intente? | |

REGIDOR: Morir, o dar la muerte a los tiranos,
pues somos muchos, y ellos poca gente.

alguien que está aprovechando su poder.

5 BARRILDO: ¡Contra el señor las armas en las manos!

ESTEBAN: El rey sólo es señor después del cielo,
y no bárbaros hombres inhumanos.
Si Dios ayuda nuestro justo celo,
    ¿qué nos ha de costar?

10 MENGO: Mirad, señores,
que vais° en estas cosas con recelo.°   = **vayáis**, fear
Puesto que por los simples labradores
    estoy aquí que más injurias° pasan,   harm
más cuerdo° represento sus temores.   discreet

15 JUAN ROJO: Si nuestras desventuras 'se compasan,°   grow at the same
    para perder las vidas, ¿qué aguardamos?   rate
Las casas y las viñas° nos abrasan,   grape vines
¡tiranos son! ¡A la venganza vamos!

               [ESCENA III]
20   *SALE LAURENCIA, DESMELENADA*   *violentada.*

LAURENCIA: Dejadme entrar, que bien puedo,
en consejo° de los hombres;   council
que bien puede una mujer,
si no a dar voto, a dar voces.
25   ¿Conocéisme?

ESTEBAN: ¡Santo cielo!
¿No es mi hija?

JUAN ROJO: ¿No conoces
a Laurencia?

30 LAURENCIA: Vengo tal,
que mi diferencia os pone

	'en contingencia° quién soy.	in doubt
ESTEBAN:	¡Hija mía!	
LAURENCIA:	No me nombres tu hija.	
ESTEBAN:	¿Por qué, mis ojos? ¿Por qué?	
LAURENCIA:	Por muchas razones, y sean las principales:	

porque dejas que me roben
tiranos sin que me vengues,
traidores sin que me cobres.° · · · · · · · · · recover
Aún no era yo de Frondoso,
para que digas que tome,
como marido, venganza[5];
que aquí por tu cuenta° corre; · · · · · · · · care
que en tanto que de las bodas
no haya llegado la noche,
del padre, y no del marido,
la obligación presupone;
que en tanto que no me entregan
una joya, aunque la compren,
no ha de correr por mi cuenta
las guardas° ni los ladrones[6]. · · · · · · · · guards
Llevóme de vuestros ojos
a su casa Fernán Gómez;
la oveja° al lobo° dejáis · · · · · · · · · · · · sheep, wolf
como cobardes pastores.° · · · · · · · · · · · shepherds
¿Qué dagas° no vi en mi pecho? · · · · · · · · daggers
¿Qué desatinos enormes,
qué palabras, qué amenazas,° · · · · · · · · · threats

[5] Laurencia argues that since the marriage had not been consummated and Frondoso was not yet her husband, her father Esteban is responsible for protecting her honor.

[6] *La joya* in this context refers to LAURENCIA's virginity. Again she argues that she is not responsible for guarding it against a predator like the comendador.

y qué delitos° atroces,°   crimes /atrocious
por rendir° mi castidad°   surrender, chasti[ty]
a sus apetitos° torpes?°   appetites, base
Mis cabellos° ¿no lo dicen?   hair
5   ¿No se ven aquí 'los golpes
de la sangre° y las señales?°   hemorrhages, sig[ns]
¿Vosotros sois hombres nobles? *¿como son? somos campesinos*
¿Vosotros padres y deudos?
¿Vosotros, que no se os rompen
10   las entrañas° de dolor,   insides
de verme en tantos dolores?
Ovejas sois, bien lo dice
de Fuenteovejuna el hombre[7].
Dadme unas armas° a mí   arms
15   pues sois piedras, pues sois tigres...
—Tigres no, porque feroces°   ferocious
siguen quien roba sus hijos,
matando los cazadores°   hunters
antes que entren por el mar
20   y por sus ondas se arrojen[8].°   plunge
Liebres cobardes nacistes;
bárbaros sois, no españoles.
Cobarde = coward. Gallinas, ¡vuestras mujeres
sufrís que otros hombres gocen!°   enjoy them
25   Poneos ruecas en la cinta.[9]
¿Para qué os ceñís estoques?°   rapiers
¡Vive Dios, que he de trazar°   to plan
que solas mujeres cobren
la honra de estos tiranos,
30   la sangre de estos traidores,
y que os han de tirar° piedras,   to throw

---

[7] The name of the town Fuenteovejuna is not etyomologically related to *oveja* (sheep), but to *abeja* (bee); in Roman times the town was known as *Fons Mellaria* (Fuente de miel) and from there, *Fuenteabejuna > Fuenteovejuna*.

[8] This was a literary commonplace; a tigress was said to pursue hunters who had stolen their cubs and even sacrifice herself to save them.

[9] *Rueca* is a distaff, one of the tools used for spinning wool. Laurencia suggests that these men are better suited for womanly tasks.

	hilanderas,° maricones,°	wool spinners, ef-
	amujerados,° cobardes,	feminate; woman-
	y que mañana os adornen	like
	nuestras tocas° y basquiñas,°	veils, skirts
5	solimanes° y colores!°	cosmetics, rouge
	A Frondoso quiere ya,	
	sin sentencia, sin pregones,°	proclamations
	colgar el comendador	
	del almena° de una torre;	battlement
10	de todos hará lo mismo;	
	y yo 'me huelgo,° medio-hombres,	I'll be pleased
	por que quede sin mujeres[10]	
	esta villa honrada, y torne°	returns
	aquel siglo de amazonas[11]	
15	eterno espanto° del orbe.°	eternal, fright, world

[handwritten note: —no son hombres, porque no luchan. —mito.]

ESTEBAN:	Yo, hija, no soy de aquellos	
	que permiten que los nombres	
	con esos títulos viles.	
20	Iré solo, 'si se pone°	= aunque se ponga
	todo el mundo contra mí.	
JUAN ROJO:	Y yo, por más que me asombre°	frightens
	la grandeza del contrario.	
REGIDOR:	¡Muramos todos!	
25 BARRILDO:	Descoge°	hang
	un lienzo° al viento en un palo,°	piece of linen, pole
	y mueran estos inormes.°	monstrous ones
JUAN ROJO:	¿Qué orden pensáis tener?	
30 MENGO:	Ir a matarle sin orden.	
	Juntad el pueblo a una voz;	
	que todos 'están conformes°	agree

---

[10] These "women" are them men that LAURENCIA is addressing.
[11] In Greek mythology, the Amazons were the tribe of strong female warriors.

en que los tiranos mueran.

ESTEBAN: Tomad espadas, lanzones,°   short lances
          ballestas, chuzos° y palos.   staves

MENGO: ¡Los reyes nuestros señores
          vivan!

TODOS: ¡Vivan muchos años!

MENGO: ¡Mueran tiranos traidores!

TODOS: ¡Tiranos traidores, mueran!
                    al Rey.
                    VANSE TODOS

                    [ESCENA IV]

LAURENCIA: Caminad, que el cielo os oye.
           ¡Ah, mujeres de la villa!
           ¡Acudid,° por que se cobre   gather
           vuestro honor, acudid, todas!

          SALEN PASCUALA, JACINTA Y OTRAS MUJERES

PASCUALA: ¿Qué es esto? ¿De qué das voces?

LAURENCIA: ¿No veis cómo todos van
           a matar a Fernán Gómez,
           y hombres, mozos y muchachos
           furiosos al hecho corren?
           ¿Será bien que solos ellos
           de esta hazaña el honor gocen?
           Pues no son de las mujeres
           sus agravios los menores.

JACINTA: Di, pues, ¿qué es lo que pretendes?°   intend

LAURENCIA: Que puestas todas en orden,
           acometamos° a un hecho   undertake
           que dé espanto a todo el orbe.

	Jacinta, tu grande agravio,	
	que sea cabo°; responde	corporal
	de una escuadra° de mujeres.	squadron

JACINTA: No son los tuyos menores.

5   LAURENCIA: Pascuala, alférez° serás.   ensign

PASCUALA: Pues déjame que enarbole°   hoist
              en un asta° la bandera.°   flag pole, flag
              Verás si merezco el nombre.

LAURENCIA: No hay espacio° para eso,   time
10   pues la dicha nos socorre.°   favors
              Bien nos basta que llevemos
              nuestras tocas por pendones.

PASCUALA: Nombremos un capitán.

LAURENCIA: Eso no.

15 PASCUALA: ¿Por qué?

LAURENCIA: Que adonde
              asiste° mi gran valor   = está
              no hay Cides ni Rodamontes[12].

[ESCENA V]
20   *VANSE TODAS. SALE FRONDOSO, ATADAS LAS MANOS,*
     FLORES, ORTUÑO, CIMBRANO Y EL COMENDADOR

COMENDADOR: De ese cordel° que de las manos sobra   rope
              quiero que le colguéis, por mayor pena.

25 FRONDOSO: ¡Qué nombre,° gran señor, tu sangre cobra!   renown

---

[12] El Cid, Ruy Díaz de Vivar (?– 1099), subject of the *Poema de Mío Cid*
was well known for his bravery during the Reconquest. Rodamonte, a
character from Ariosto's (1473-1533) *Orlando furioso* (1532), was also known
for his courage.

COMENDADOR: Colgalde luego en la primera almena.

FRONDOSO: Nunca fue mi intención 'poner por obra°   carry out
tu muerte entonces.

FLORES: Grande ruido suena.

5   *RUIDO SUENE DENTRO*

COMENDADOR: ¿Ruido?

FLORES: Y de manera que interrompen°   = interrumpen
tu justicia, señor.

ORTUÑO: Las puertas rompen.

10   *RUIDO*

COMENDADOR: ¡La puerta de mi casa, y siendo casa
de la encomienda!

FLORES: El pueblo junto viene.

            DENTRO

15 JUAN ROJO: ¡Rompe, derriba, hunde,° quema, abrasa!   collapse

ORTUÑO: Un popular° motín° 'mal se detiene.°   of the people, mu-
                                    tiny, is difficult to
COMENDADOR: ¿El pueblo contra mí?   stop

20 FLORES: La furia pasa
tan adelante, que las puertas tiene
echadas por la tierra.

COMENDADOR: Desatalde.°   Untie him
Templa, Frondoso, ese villano alcalde.

25 FRONDOSO: Yo voy, señor; que amor les ha movido.°   moved

VASE FRONDOSO. DENTRO

MENGO: ¡Vivan Fernando e Isabel, y mueran
los traidores!

FLORES: Señor, por Dios te pido
que no te hallen aquí.

COMENDADOR: Si perseveran,°   persevere
este aposento° es fuerte y defendido.   room
Ellos 'se volverán.°   will turn back

FLORES: Cuando 'se alteran°   get upset
los pueblos agraviados, y resuelven,
nunca sin sangre o sin venganza vuelven.

COMENDADOR: En esta puerta, así como rastrillo°   iron grating over a
su furor° con las armas defendamos.   gate; rage

DENTRO

FRONDOSO: ¡Viva Fuenteovejuna!

COMENDADOR: ¡Qué caudillo!°   leader
Estoy por que a su furia acometamos.

FLORES: De la tuya, señor, me maravillo.

ESTEBAN: Ya el tirano y los cómplices° miramos.   accomplices
¡Fuenteovejuna, y los tiranos mueran!

[ESCENA VI]
SALEN TODOS

COMENDADOR: Pueblo, esperad.

TODOS: Agravios nunca esperan.

COMENDADOR: Decídmelos a mí, que iré pagando
'a fe de° caballero esos errores.   upon my word as

TODOS: ¡Fuenteovejuna! ¡Viva el rey Fernando!
           ¡Mueran malos cristianos y traidores!

COMENDADOR: ¿No me queréis oír? Yo estoy hablando,
           yo soy vuestro señor.

5 TODOS: Nuestros señores
           son los reyes católicos.

COMENDADOR: Espera.

TODOS: ¡Fuenteovejuna, y Fernán Gómez muera!

[ESCENA VII]
10   *VANSE Y SALEN LAS MUJERES ARMADAS*

LAURENCIA: Parad en este puesto de esperanzas,°   hopes
           soldados atrevidos, no mujeres.

PASCUALA: ¡Lo que mujeres son en las venganzas!
           En él beban su sangre, es bien que esperes[13].

15 JACINTA: Su cuerpo recojamos° en las lanzas.   let's pick up

PASCUALA: Todas son de esos mismos pareceres.°   opinion

DENTRO

ESTEBAN: ¡Muere, traidor comendador!

DENTRO

20 COMENDADOR: Ya muero.
           ¡Piedad,° Señor,° que en tu clemencia° espero!   mercy, Lord,
                                            clemency

---

[13] *Es bien que esperes que beban su sangre [del comendador] en él [en el puesto].*

DENTRO

BARRILDO: Aquí está Flores.

DENTRO

MENGO: Dale a ese bellaco°;   rogue
5   que ése fue el que me dio dos mil azotes.

DENTRO

FRONDOSO: No me vengo si el alma no le saco.°   take out

LAURENCIA: No excusamos° entrar.   we will not fail to

PASCUALA: No te alborotes.
10   Bien es guardar la puerta.

DENTRO

BARRILDO: No 'me aplaco.°   I will not be
          ¿Con lágrimas agora, marquesotes?°   satisfied; little
          marquesses

15 LAURENCIA: Pascuala, yo entro dentro; que la espada
          no ha de estar tan sujeta° ni envainada.°   hanging, sheathed

VASE LAURENCIA. DENTRO

BARRILDO: Aquí está Ortuño.

DENTRO

20 FRONDOSO: Córtale la cara.

SALE FLORES HUYENDO, Y MENGO TRAS ÉL

FLORES: ¡Mengo, piedad, que no soy yo el culpado!°   the guilty one

MENGO: Cuando ser alcahuete no bastara,
          bastaba haberme el pícaro° azotado.   mischievous one

PASCUALA: Dánoslo a las mujeres, Mengo. Para,
Acaba, por tu vida.

MENGO: Ya está dado;
que no le quiero yo mayor castigo.

5 PASCUALA: Vengaré tus azotes.

MENGO: Eso digo.

JACINTA: ¡Ea, muera el traidor!

FLORES: ¿Entre mujeres?

JACINTA: ¿No le viene muy ancho?°[14]   ample

10 PASCUALA: ¿Aqueso lloras?

JACINTA: Muere, concertador° de sus placeres.   arranger

LAURENCIA: ¡Ea, muera el traidor!

FLORES: ¡Piedad, señoras!

SALE
ORTUÑO HUYENDO DE LAURENCIA

15

ORTUÑO: Mira que no soy yo...

LAURENCIA: Ya sé quién eres.

Entrad, teñid las armas vencedoras°   victorious
en estos viles.

20 PASCUALA: Moriré matando.

TODAS: ¡Fuenteovejuna, y viva el rey Fernando!

---

[14] Flores thinks it a dishonor to die at the hands of women, but Jacinta thinks that even this is too good for him.

[ESCENA VIII]

VANSE. SALEN EL REY DON FERNANDO Y LA REINA
ISABEL, Y DON MANRIQUE, MAESTRE

MANRIQUE:	De modo la prevención°	plan
5	fue, que el efeto° esperado	result
	llegamos a ver logrado°	achieved
	con poca contradicción.°	opposition
	Hubo poca resistencia;	
	y 'supuesto que° la hubiera	= aunque
10	sin duda ninguna fuera	
	de poca o ninguna esencia.°	substance
	Queda el de Cabra[15] ocupado	
	en conservación° del puesto,	maintaining
	por si volviere[16] dispuesto	
15	a él el contrario osado.	
REY:	Discreto° el acuerdo fue,	prudent
	y que 'asista en conveniente,°	stay close by
	y reformando la gente,	
	el paso tomado esté.[17]	
20	Que con eso se asegura°	it is assured
	no poder hacernos mal	
	Alfonso, que en Portugal	
	tomar la fuerza° procura.	power
	Y el de Cabra es bien que esté	
25	en ese sitio asistente,°	in attendance
	y como tan diligente	
	muestras de su valor dé;	
	porque con esto asegura°	avoids
	el daño que nos recela,°	frightens
30	y como fiel° centinela°	faithful, sentry
	el bien° del reino procura.	the good

---

[15] The Count of Cabra, Don Diego Fernández de Córdoba, participated in the battle alongside Rodrigo Manrique.

[16] This is the future subjunctive of *volver*. Today we use present indicative.

[17] By taking Ciudad Real, the king's armies have blocked easy passage between Castile and Andalusia.

[ESCENA IX]
SALE FLORES, HERIDO

FLORES:
Católico rey Fernando,
a quien el cielo concede
5   la corona° de Castilla,   crown
como a varón° excelente: man
oye la mayor crueldad°   cruelty
que se ha visto entre las gentes
desde donde nace el sol
10   hasta donde 'se oscurece.°   becomes dark

REY:
Repórtate.°   control yourself

FLORES:
     Rey supremo,
mis heridas° no consienten°   wounds, consent
dilatar° el triste caso,°   to put off, case
15   por ser mi vida tan breve.
De Fuenteovejuna vengo,
donde, con pecho inclemente,°   unmerciful
los vecinos de la villa
a su señor 'dieron muerte,°   killed
20   Muerto Fernán Gómez queda
por sus súbditos° aleves°;   subjects, treacherous
que vasallos indignados
con leve° causa se atreven.   slight
Con título de tirano
25   'que le acumula° la plebe,   attribute to him
y a la fuerza de esta voz
el hecho° fiero° acometen;   deed, fierce
y quebrantando° su casa,   breaking [into]
no atendiendo° a que se ofrece   heeding
30   por la fe de caballero
a que pagará a quien debe,
no sólo no le escucharon,
pero con furia impaciente

rompen el cruzado pecho[18]
con mil heridas crüeles,
y por las altas ventanas
'le hacen que al suelo vuele[19],°   fly
adonde en picas° y espadas   pikes
le recogen las mujeres.
Llévanle a una casa muerto
y 'a porfía,° quien más puede   stubbornly
mesa° su barba y cabello   tear out
y apriesa° su rostro hieren.°   in a hurry, wound
En efecto fue la furia
tan grande que en ellos crece,°   grows
que las mayores tajadas°   pieces
las orejas a ser vienen[20].
Sus armas° borran con picas   coat of arms
y a voces dicen que quieren
tus reales armas fijar,°   put in place
porque aquéllas° les ofenden.   = del Comendador
Saqueáronle° la casa,   ransacked
'cual si de enemigos fuese,[21]
y gozosos° entre todos   joyful
han repartido° sus bienes.°   divided up,
                                                                     belongings
Lo dicho he visto escondido,
porque mi 'infelice suerte°   bad luck
en tal trance° no permite   peril
que mi vida se perdiese;
y así estuve todo el día
hasta que la noche viene,
y salir pude escondido
para que cuenta° te diese.   news
Haz, señor, pues eres justo°   just
que la justa pena lleven
de tan riguroso° caso   severe

---

[18] Remember, as a knight of the Order of Calatrava, the Comendador is entitled to wear a red cross on his clothes.

[19] Literally, "they make him fly to the ground".

[20] The mob mutilated the Comendador so badly that his ears were the biggest pieces of his body left!

[21] "As if it were the enemies."

	los bárbaros delincuentes;	
	mira que su sangre° a voces	= del Comendad
	pide que tu rigor prueben[22].°	experience
REY:	Estar puedes confiado°	assured
5	que sin castigo no queden.	
	El triste suceso ha sido	
	tal, que admirado me tiene,	
	y que vaya luego un juez	
	que lo averigüe° conviene	finds out [about
10	y castigue los culpados[23]	
	para ejemplo de las gentes.	
	Vaya un capitán con él	
	por que seguridad° lleve;	safety
	que tan grande atrevimiento	
15	castigo ejemplar° requiere°;	exemplary, re-
	y curad° a ese soldado	quires; cure
	de las heridas que tiene.	

[ESCENA X]

VANSE TODOS. SALEN LOS LABRADORES Y LAS LABRADORAS
20   *CON LA CABEZA DE FERNÁN GÓMEZ EN UNA LANZA.*
CANTAN

MÚSICOS:	"¡Muchos años vivan	
	Isabel y Fernando,	
	y mueran los tiranos!"	
25 BARRILDO:	Diga su copla Frondoso.	
FRONDOSO:	Ya va mi copla, a la fe;	
	si le faltare algún pie,°	[metrical] foot
	enmiéndelos° el más curioso.°	correct them, care
	"¡Vivan la bella Isabel,	ful
30	y Fernando de Aragón,	
	pues que para en uno son,	

---

[22] Flores claims that the Comendador's spilled blood begs that the townspeople suffer the consequences of their actions.

[23] Hyperbaton: *conviene que lo averigüe y castigue…*

él con ella, ella con él!
A los cielos San Miguel[24]
lleve a los dos de las manos.
¡Vivan muchos años,
5   y mueran los tiranos!"

LAURENCIA: Diga Barrildo.

BARRILDO: Ya va;
que a fe que la he pensado.

PASCUALA: Si la dices con cuidado,
10   buena y rebuena° será.   very good

BARRILDO: "¡Vivan los reyes famosos
muchos años, pues que tienen
la victoria, y a ser vienen
nuestros dueños° venturosos!°   masters, happy
15   Salgan siempre victoriosos
de gigantes° y de enanos°   giants, dwarves
y ¡mueran los tiranos!"

                    CANTAN

MÚSICOS: "Muchos años vivan
20   Isabel y Fernando,
y mueran los tiranos!"

LAURENCIA: Diga Mengo.

FRONDOSO: Mengo diga.

MENGO: Yo soy poeta donado.°   gifted

25 PASCUALA: Mejor dirás lastimado
el envés° de la barriga.°   back side, belly

---

[24] The archangel Michael, who takes worthy souls into God's presence
after their death.

MENGO:	"Una mañana en domingo	
	me mandó azotar aquél,	
	de manera que el rabel°	rear end
	daba espantoso° respingo;°	frightening,
5	pero agora que los pringo°	shudder; punish
	¡vivan los reyes cristiánigos²⁵,	
	y mueran los tiránigos!"	

MÚSICOS: "¡Vivan muchos años!
Isabel y Fernando,
10 y mueran los tiranos!"

ESTEBAN: Quita la cabeza allá.

MENGO: Cara tiene de ahorcado.° hanged

SACA UN ESCUDO JUAN ROJO CON LAS ARMAS REALES

REGIDOR: Ya las armas han llegado

15 ESTEBAN: Mostrad° las armas acá. show

JUAN ROJO: ¿Adónde se han de poner?

REGIDOR: Aquí, en el ayuntamiento.° town hall

ESTEBAN: ¡Bravo° escudo!° fine, shield

BARRILDO: ¡Qué contento!

20 FRONDOSO: Ya comienza a amanecer,° dawn
con este sol, nuestro día.

ESTEBAN: ¡Vivan Castilla y León,
y las barras de Aragón,²⁶

---

²⁵ *Cristiánigos* (and *tiránigos* in the following verse) are humorous deformations of *cristiano* and *tirano*.

²⁶ The bars (*barras*) were on the arms of the Catholic Monarchs and represented the kingdom of Aragon.

y muera la tiranía!
   Advertid, Fuenteovejuna,
a las palabras de un viejo;
que el admitir° su consejo   accepting
5   no ha dañado° vez ninguna.   harmed
   Los reyes han de querer
averiguar este caso,
y más tan cerca del paso
y jornada° que han de hacer.²⁷   trip
10   Concertaos° todos a una   come to an agree-
en lo que habéis de decir.   ment

FRONDOSO: ¿Qué es tu consejo?

ESTEBAN: Morir
diciendo "Fuenteovejuna,"
15   y a nadie saquen° de aquí.   take away

FRONDOSO: Es el camino derecho.
Fuenteovejuna lo ha hecho.

ESTEBAN: ¿Queréis responder así?

TODOS: Sí.

20 ESTEBAN: Ahora²⁸ pues, yo quiero ser
agora el pesquisidor,°   investigator
para ensayarnos° mejor   to rehearse
en lo que habemos de hacer.
   Sea Mengo el que esté puesto
25   en el tormento.°   torture

MENGO: ¿No hallaste
otro más flaco?

---

²⁷ Esteban believes that the Monarchs will pass through Fuenteovejuna on their way to Granada.

²⁸ In the *princeps*, *aora*, so that the verse would scan eight syllables. *Agora*, found in the next verse and elsewhere in the work, was the norm at the time.

ESTEBAN:	¿Pensaste que era 'de veras?	for real

MENGO: Di presto.

| ESTEBAN: | ¿Quién mató al comendador? | |

5 MENGO: Fuenteovejuna lo hizo.

| ESTEBAN: | Perro, ¿si te martirizo?° | torture |

MENGO: Aunque me matéis, señor.

ESTEBAN: Confiesa, ladrón.

MENGO: Confieso.

10 ESTEBAN: Pues, ¿quién fue?

MENGO: Fuenteovejuna.

| ESTEBAN: | Dalde otra vuelta.°²⁹ | turn |

MENGO: ¡Es ninguna!

| ESTEBAN: | ¡Cagajón° para el proceso! | "To hell with" |

15   [ESCENA XI]
                          SALE EL REGIDOR

REGIDOR:	¿Qué hacéis de esta suerte° aquí?	manner
FRONDOSO:	¿Qué ha sucedido,° Cuadrado?	happened
REGIDOR	Pesquisidor ha llegado.	

---

²⁹Esteban is pretending that Mengo is on the rack; giving a turn pulled the ropes attached to the prisoner's arms and legs, streching him.

| ESTEBAN: | Echad° todos por ahí. | get going |

| REGIDOR: | Con él viene un capitán. | |

| ESTEBAN: | ¡Venga el diablo! Ya sabéis
lo que responder tenéis. | |

5 | REGIDOR: | El pueblo prendiendo° van,
sin dejar alma ninguna. | arresting |

| ESTEBAN: | Que no hay que tener temor.
¿Quién mató al comendador,
Mengo? | |

10 | MENGO: | ¿Quién? Fuenteovejuna. | |

[ESCENA XII]

VANSE. SALEN EL MAESTRE Y UN SOLDADO

| MAESTRE: | ¡Que tal caso ha sucedido!
Infelice fue su suerte. | |
15 | | Estoy por darte la muerte
por la nueva que has traído. | |

| SOLDADO: | Yo, señor, soy mensajero,°
y enojarte° no es mi intento.° | messenger
angering you,
intention |

20 | MAESTRE: | ¡Que a tal tuvo atrevimiento
un pueblo enojado y fiero!
  Iré con quinientos hombres
y la villa he de asolar°;
en ella no ha de quedar | to destroy |
25 | | ni aun memoria de los nombres. | |

| SOLDADO: | Señor, tu enojo reporta;
porque ellos al rey se han dado,
y no tener enojado
al rey es lo que te importa. | |

30 | MAESTRE: | ¿Cómo al rey se pueden dar,
si de la encomienda son? | |

SOLDADO: Con él, sobre esa razón,
              podrás luego pleitear.°   legally dispute

MAESTRE: Por pleito,° ¿cuándo salió   dispute
              lo que él le entregó en sus manos?[30]
5   Son señores soberanos,°   sovereign
              y tal reconozco yo.
                Por saber que al rey se han dado
              se reportará mi enojo,
              y ver su presencia escojo°   choose
10   por lo más bien acertado°;   correct
                que 'puesto que° tenga culpa   = aunque
              en casos 'de gravedad,°   serious
              en todo mi poca edad
              viene a ser quien° me disculpa.   = que
15   Con vergüenza° voy; mas es   shame
              honor quien puede obligarme,
              y[31] importa no descuidarme°   be careless
              en tan honrado interés.

                      [ESCENA XIII]
20   VANSE. SALE LAURENCIA SOLA

LAURENCIA: Amando, 'recelar daño en lo amado
              nueva pena de amor se considera[32];
              que quien en lo que ama daño espera
              aumenta° en el temor nuevo cuidado.   grows
25   El firme pensamiento desvelado,°   awake
              si le aflige el temor, fácil se altera°;   changes
              'que no es a firme fe pena ligera
              ver llevar el temor el bien robado[33].
                Mi esposo adoro; 'la ocasión que veo

---

[30] The Maestre means to say how can one win a lawsuit against the king?

[31] Modern usage would use "e" as the conjunction, but in the Golden Age, using "y" before a word beginning with "i" was common.

[32] "Loving, to fear harm to the beloved causes new worries in love."

[33] "To a strong love [fe], it is not a light punishment to see how fear carries away happiness [el bien]"

al temor de su daño me condena[34],
si no le ayuda la felice suerte.
Al bien suyo 'se inclina° mi deseo: inclines
si está presente, está cierta° mi pena;   certain
5   si está en ausencia, está cierta mi muerte.

[ESCENA XIV]
SALE FRONDOSO

FRONDOSO: ¡Mi Laurencia!

LAURENCIA: ¡Esposo amado!
10   ¿Cómo a estar aquí te atreves?

FRONDOSO: Esas resistencias debes
                a mi amoroso cuidado.

LAURENCIA: Mi bien, procura guardarte,
                porque tu daño recelo.

15 FRONDOSO: No quiera, Laurencia, el cielo
                que tal° llegue a disgustarte.   **tal *cosa***

LAURENCIA: ¿No temes ver el rigor
                que por los demás sucede[35],
                y el furor con que procede
20   aqueste pesquisidor?
                  Procura guardar la vida.
                Huye, tu daño no esperes.

FRONDOSO: ¿Cómo que procure quieres
                cosa tan mal recibida?[36]
25   ¿Es bien que los demás deje
                en el peligro presente

---

[34] "This situation condemns me to a fear that some harm has happened to him".

[35] "That is happening to the others"

[36] Hyperbaton: *¿Cómo quieres [que yo] procure cosa tan mal recibida [inaceptable]?*

y de tu vista 'me ausente?°   I absent myself
No me mandes que me aleje;
    porque no es puesto en razón
que por evitar mi daño
5   'sea con mi sangre extraño[37]
en tan terrible ocasión.

VOCES DENTRO

Voces parece que he oído,
y son, si yo mal no siento,
10 de alguno que dan tormento.
Oye con atento oído.

DICE DENTRO EL
JUEZ Y RESPONDEN

JUEZ: Decid la verdad, buen viejo.

15 FRONDOSO: Un viejo, Laurencia mía,
                 atormentan.°   torture

LAURENCIA: ¡Qué porfía!°   insistence

ESTEBAN: Déjenme un poco.[38]

JUEZ: Ya os dejo.
20   Decid: ¿quién mató a Fernando?° Fernan Gómez, *el*
                                                  Comendador

ESTEBAN: Fuenteovejuna lo hizo.

LAURENCIA: Tu nombre, padre, eternizo°;   I immortalize
               [a todos vas animando].[39]

---

[37] "I should leave my blood [my compatriots]"
[38] Esteban asks that the ropes of the rack be loosened a bit.
[39] This verse that completes the *redondilla* is missing. This emendation
is suggested by Vern Williamson.

FRONDOSO: ¡Bravo caso!

JUEZ: Ese muchacho
aprieta.°   Perro, yo sé   tighten
que lo sabes.   Di quién fue.
5   ¿Callas?   Aprieta, borracho.°   drunkard

NIÑO: Fuenteovejuna, señor.

JUEZ: ¡Por vida del rey, villanos,
que os ahorque° con mis manos!   hang
¿Quién mató al comendador?

10   FRONDOSO: ¡Que a un niño le den tormento
y niegue° de aquesta suerte!   refuses

LAURENCIA: ¡Bravo pueblo!

FRONDOSO: Bravo y fuerte.

JUEZ: Esa mujer al momento
15   en ese potro° tened.   rack

        'Dale esa mancuerda° luego.   turn the screw

LAURENCIA: Ya está de cólera° ciego.   anger

JUEZ: Que os he de matar, creed,
en este potro, villanos.
20   ¿Quién mató al comendador?

PASCUALA: Fuenteovejuna, señor.

JUEZ: ¡Dale!

FRONDOSO: Pensamientos vanos.

LAURENCIA: Pascuala niega, Frondoso.

25   FRONDOSO: Niegan niños.   ¿Qué te espanta?

JUEZ: 'Parece que los encantas[40].
¡Aprieta!

PASCUALA: ¡Ay, cielo piadoso!

JUEZ: ¡Aprieta, infame! ¿Estás sordo?

5 PASCUALA: Fuenteovejuna lo hizo.

JUEZ: Traedme aquel más rollizo,°   plump
ese desnudo, ese gordo.

LAURENCIA: ¡Pobre Mengo! Él es, sin duda.

FRONDOSO: Temo que ha de confesar.

10 MENGO: ¡Ay, ay!

JUEZ: Comienza a apretar.

MENGO: ¡Ay!

JUEZ: ¿Es menester ayuda?

MENGO: ¡Ay, ay!

15 JUEZ: ¿Quién mató, villano,
al señor comendador?

MENGO: ¡Ay, yo lo diré, señor!

JUEZ: Afloja° un poco la mano.   loosen

FRONDOSO: Él confiesa.

20 JUEZ: Al palo aplica
la espalda.

---

[40] The judge is speaking to the torturer, "It seems that they like it."

| MENGO: | Quedo°; que yo | "Hold on!" |
| | lo diré. | |

JUEZ: ¿Quién lo mató?

MENGO: Señor, ¡Fuenteovejunica! ~ chiste

5   JUEZ: ¿Hay tan gran bellaquería?°   roguery
                Del dolor 'se están burlando.°   he's joking
                En quien estaba esperando,
                niega con mayor porfía.
                Dejadlos; que estoy cansado.

10 FRONDOSO: ¡Oh, Mengo, bien te haga Dios!
                Temor que tuve de dos,
                el tuyo° me le° ha quitado.   = valor, = lo

[ESCENA XV]
SALEN CON MENGO, BARRILDO Y EL REGIDOR

15 BARRILDO: ¡Vítor[41], Mengo!

REGIDOR: ¡Y con razón!

BARRILDO: ¡Mengo, vítor!

FRONDOSO: Eso digo.

MENGO: ¡Ay, ay!

20 BARRILDO: Toma, bebe, amigo.
                Come.

MENGO: ¡Ay, ay! ¿Qué es?

BARRILDO: Diacitrón.°   lemon cream

MENGO: ¡Ay, ay!

---

[41] *Ví[c]tor*—a shout given as applause to an important or brave action.

FRONDOSO: Echa de beber.

BARRILDO: [Es lo mejor que hay.]⁴² ¡Ya va!

FRONDOSO: Bien lo cuela.° Bueno está.   drinks

LAURENCIA: Dale otra vez de comer.

5 MENGO: ¡Ay, ay!

BARRILDO: 'Ésta va por mí⁴³.

LAURENCIA: Solenemente° lo embebe.°   = solemnemente,
                                                                                swallows up

FRONDOSO: El que bien niega, bien bebe.

10 REGIDOR: ¿Quieres otra?

MENGO: ¡Ay, ay! ¡Sí, sí!

FRONDOSO: Bebe; que bien lo mereces.

LAURENCIA: ¡'A vez por vuelta las cuela⁴⁴!

FRONDOSO: Arrópale,° que se hiela.°   cover him, he's
15   freezing
BARRILDO: ¿Quieres más?

MENGO: Sí, otras tres veces.
                    ¡Ay, ay!

FRONDOSO: Si hay vino pregunta.

20 BARRILDO: Sí, hay. Bebe a tu placer°;   pleasure
                    que quien niega ha de beber.

---

⁴² The first five syllables of this verse are missing. The bracketed
words are the emendation supplied by Vern Williamson.
⁴³ "This one's on me"
⁴⁴ "He's drinking one for every turn of the screw."

¿Qué tiene?

MENGO: 'Una cierta punta⁴⁵.
                    Vamos; que me arromadizo.°   I'm catching cold

FRONDOSO: Que lea⁴⁶, que éste es mejor.
                    ¿Quién mató al comendador?

MENGO: Fuenteovejuna lo hizo.

[ESCENA XVI]
VANSE MENGO, BARRILDO, Y EL REGIDOR

FRONDOSO: Justo es que honores le den.
                    Pero decidme, mi amor,
                    ¿quién mató al comendador?

LAURENCIA: Fuenteovejunica, mi bien.

FRONDOSO: ¿Quién le mató?

LAURENCIA: Dasme espanto.
                    Pues, Fuenteovejuna fue.

FRONDOSO: Y yo, ¿con qué te maté?

LAURENCIA: ¿Con qué? Con quererte tanto.

[ESCENA XVII]
*VANSE. SALEN EL REY Y LA REINA ISABEL
Y LUEGO MANRIQUE*

ISABEL: No entendí,° señor, hallaros   believed

---

⁴⁵ Mengo must be making faces as he drinks, so BARRILDO asks
"What's wrong [¿*Qué tiene?*]?" Mengo explains that wine is a little sour
[*punta*]!

⁴⁶ López Estrada, in his edition, supposes that Frondoso is showing
Mengo the bottle and saying that he should read the label. Williamson
changed the verse to read "Que beba…"

aquí, y es buena mi suerte.

REY: En nueva gloria convierte
              mi vista el bien de miraros.
                Iba a Portugal de paso
5   y llegar aquí fue fuerza.°   necessary

ISABEL: Vuestra majestad 'le tuerza,°   change the route
              siendo conveniente el caso.

REY: ¿Cómo dejáis a Castilla?

ISABEL: En paz queda, quieta° y llana.°   quiet, calm

10 REY: Siendo vos la que la allana,°   subdue
              no lo tengo a maravilla.

                    SALE DON MANRIQUE

MANRIQUE: Para ver vuestra presencia
              el maestre de Calatrava,
15   que aquí de llegar acaba,
              pide que le deis licencia.

ISABEL: Verle tenía deseado.

MANRIQUE: 'Mi fe, señora, os empeño,°   I swear to you
              que aunque es en edad pequeño,°   young
20   es valeroso soldado.

                    [ESCENA XVIII]
                VASE, Y SALE EL MAESTRE

MAESTRE: Rodrigo Téllez Girón,
              que de loaros° no acaba,   to praise you
25   maestre de Calatrava,
              os pide humilde perdón.
                Confieso que fui engañado,
              y que excedí° de lo justo   I exceeded
              en cosas de vuestro gusto,
30   como mal aconsejado.

El consejo de Fernando
y el interés me engañó,
injusto fiel; y así, yo
perdón humilde os demando.°   I want
5   Y si recibir merezco
esta merced que suplico°   beg
desde aquí me certifico°   I assure
en que a serviros me ofrezco,
   y que en aquesta jornada
10   de Granada,[47] adonde vais,
os prometo que veáis
el valor que hay en mi espada;
   donde sacándola apenas,
dándoles fieras congojas,°   anguish
15   plantaré° mis cruces rojas   I will place
sobre sus altas almenas;
   Y más, quinientos soldados
en serviros emplearé,
junto con la firma° y fe   signature
20   de en mi vida disgustaros.° [48]   to displease you

REY: Alzad,° maestre, del suelo;   rise
que 'siempre que hayáis venido,°   whenever you
seréis muy bien recibido.   come

MAESTRE: Sois de afligidos consuelo.°   consolation

25 ISABEL: Vos con valor peregrino°   extraordinary
sabéis bien decir y hacer.

MAESTRE: Vos sois una bella Ester
y vos un Xerxes divino.[49]

---

[47] This was the last Muslim stronghold on the Penisula. The Catholic Monarchs conquered Granada in 1492. By the time the city fell, Téllez Girón had died in a battle with the Moors near Loja, a small town about 30 miles west of Granada.

[48] Understood is "de en mi vida [nunca] disgustaros"

[49] Xerxes, king of Persia (ruled 485-465 BC) was a noted warrior; he married Esther, a Jew. Her story is told in the Book of Esther.

[ESCENA XIX]
SALE MANRIQUE

MANRIQUE: Señor, el pesquisidor
que a Fuenteovejuna ha ido
5   con el despacho° ha venido   business
a verse ante tu valor.

REY: Sed juez de estos agresores.

MAESTRE: Si a vos, señor, no mirara,
sin duda 'les enseñara
10   a matar comendadores⁵⁰.

REY: Eso ya no os toca a vos.

ISABEL: Yo confieso que he de ver
el cargo° en vuestro poder,   responsibility
si me lo concede Dios.

15   [ESCENA XX]
SALE EL JUEZ

JUEZ: A Fuenteovejuna fui
de la suerte que has mandado
y con especial cuidado
20   y diligencia asistí.
'Haciendo averiguación°   invesitgating
del cometido° delito,   committed
una hoja° no se ha escrito   page
que sea en comprobación°;   proof
25   porque 'conformes a una,°   altogther
con un valeroso pecho,
en pidiendo quién lo ha hecho,
responden: "Fuenteovejuna."
Trescientos he atormentado
30   con no pequeño rigor,

---

⁵⁰The Maestre says, "I'd show them how to kill comendadores," but appears to mean "I'd give them what they deserve for killing a comendador."

y te prometo, señor,
que más que esto no he sacado.
    Hasta niños de diez años
al potro arrimé,° y no ha sido   tied
posible haberlo inquirido°   investigated
ni por halagos° ni engaños.   cajolery
    Y pues 'tan mal se acomoda°   it's so difficult
el poderlo averiguar,
o los has de perdonar,
o matar la villa toda.
    Todos vienen ante ti
para más certificarte;
de ellos podrás informarte.

REY: Que entren, pues vienen, 'les di.°   = diles

[ESCENA XXI]
*SALEN LOS DOS ALCALDES, FRONDOSO, LAS MUJERES Y LOS
VILLANOS QUE QUISIEREN*

LAURENCIA: ¿Aquestos los reyes son?

FRONDOSO: Y en Castilla poderosos.

LAURENCIA: Por mi fe, que son hermosos;
                ¡bendígalos San Antón[51]!

ISABEL: ¿Los agresores son éstos?

ESTEBAN: Fuenteovejuna, señora,
                que humildes llegan agora
                para serviros dispuestos.
                    La sobrada° tiranía   excessive
                y el insufrible rigor
                del muerto comendador,
                que mil insultos hacía
                    fue el autor de tanto daño.
                Las haciendas nos robaba

---

[51] Saint Anthony of Padua, patron of married couples.

y las doncellas forzaba,°   raped
siendo de piedad extraño.

FRONDOSO: Tanto, que aquesta zagala,
que el cielo me ha concedido,
5   en que tan dichoso he sido
que nadie en dicha me iguala,
          cuando conmigo casó,
aquella noche primera,
mejor que si suya fuera,
10   a su casa la llevó;
          y a no saberse guardar
ella, que en virtud florece,
ya manifiesto° parece   obvious
lo que pudiera pasar.

15 MENGO: ¿No es ya tiempo que hable yo?
Si me dais licencia, entiendo
que os admiraréis, sabiendo
del modo que me trató.
          Porque quise defender
20   una moza de su gente,
que con término insolente°   contemptuous
fuerza la querían hacer,
          aquel perverso Nerón[52]
de manera me ha tratado
25   que el reverso° me ha dejado   rear end
como rueda de salmón.
          Tocaron mis atabales
tres hombres con tan porfía,
que aun pienso que todavía
30   me duran los cardenales.°   bruises
          Gasté en este mal prolijo,°   tedious [thing]
por que° el cuero° se me curta,°[53]   = para que, leather
polvos de arrayán y murta[54]   tans

---

[52] Nero, Roman emperor (AD 54-68) well known for his cruelty.

[53] Mengo speaks metaphorically: he wants his wounds to heal.

[54] Both names are used for myrtle which was used to make medicinal poltices.

más que vale mi cortijo.°   hut

ESTEBAN: Señor, tuyos ser queremos.
Rey nuestro eres natural,
y con título de tal
ya tus armas puesto habemos.

Esperamos tu clemencia
y que veas esperamos
que en este caso te damos
'por abono° la inocencia.   as justification

REY: Pues no puede averiguarse
el suceso 'por escrito,°   in writing
aunque fue grave el delito,
'por fuerza° ha de perdonarse.°   necessarily, be
                                                        forgiven, = **bien**
Y la villa es bien° 'se quede   **que**; is mine, a-
en mí,° pues 'de mí se vale,°   vails itself of me;
hasta ver si acaso° sale   perhaps; inherits
comendador que la herede.°

FRONDOSO: Su majestad habla, en fin,
como quien tanto ha acertado.°   been correct
Y aquí, discreto senado,°   senate
Fuenteovejuna da fin.

FIN DE LA COMEDIA

Spanish English Glossary

Words are listed followed by the act and scene where they first appear. **Aborrecer** first appears in Act I, scene 1, for example. Conjugated forms are listed under their infinitives, and adjective forms are listed under the corresponding masculine singular form.

abono: por — as justification [III.21]
aborrecer to despise [I.1]; to hate [II.2]
abrasar to burn [I.2]
acá here [I.4]
acabarse to end [I.5]
acaso perhaps [III.21]
accidente passion [II.5]
aceite oil [I.3]
acerado of steel [I.6]
acercarse to approach [II.15]
acero steel [II.8]
aceros spirits [I.6]
acertado correct [III.12]
acertar to be correct [III.21]
acetar accept (*aceptar*) [II.13]
acometer to undertake [III.4]
acompañamiento entourage [I.2]
aconsejar to advise [I.2]
acortar to shorten [II.12]
acrisolar test [I.4]
acudir to gather [III.4]
acuerdo plan [I.9]
acumular to attribute [III.9]
adelantarse to get ahead [II.13]
admitir to accept [III.10]
adverso adverse [I.9]
advertir to observe [I.2]; to say [I.4]; to remember [I.13]; to take note [II.13]
afligir to distress [I.10]
aflojar to loosen [III.14]
aforrar to cover [I.6]
afrentan to offend [I.11]; to disgrace [III.2]
agarrar to grab [I.7]
agora now [I.2]
agradar to please [I.7]
agradecer to be thankful [II.13]
agradecido thankful [I.6]
agraviar to injure [II.13]; to offend [II.13]
agravio offense [I.12]
agresor aggressor [III.19]
aguardar to wait for [I.8]
agudo sharp-eyed [I.4]
ahorcado hanged [III.10]
airado angry [II.11]
ala wing [I.2]
alabarse to brag [II.14]
alamar button made with silk cords [I.5]
alarde display [II.16]
alargar to make longer [II.13]
alborotarse to get excited [II.15]; to get upset [II.3]
alborotar to agitate [II.13]
alboroto tumult [III.2]

alcahuete pimp [I.3]
alcaide town magistrate[I.1]
alcanzada caught [II.4]
alegremente happily [I.5]
alegría joy [II.13]
alejarse to move away from [I.1]
aleve treacherous [III.9]
alevoso traitor [I.13]
alférez ensign [III.4]
alimpiar to clean [II.4]
aliñarse to prepare (a meal) [I.3]
allá there [I.4]
allanar subdue [III.17]
alma soul [I.4]
almena battlement [III.3]
alterar- —se to get upset [III.5]; to change [III.13]
alto high [III.9]
alzar pendón to rebel [II.16]
alzar to rise [III.18]
amanecer to dawn [III.10]; to wake up [I.3]
amasar to knead [I.3]
ámbar amber [I.6]
amenaza threat [III.3]
amistad friendship [II.8]
amor —propio self love [I.4]
amoroso amorous [I.11]; loving [II.13]
amparo protection [I.9]
amujerado woman-like [III.3]
ancho ample [III.7]
anda go on! [II.13]
andar: — por los aires to be on guard [II.5]
angélico angelic [I.10]
aniquilar to humble [II.10]
anochecer to go to bed [I.3]
ansí thus (*así*) [II.4]
anzuelo hook [II.5]
apartarse to move over [II.13]

apartarse to leave [II.7]
apear to dismount [II.10]
apelar to appeal [II.11]
apenas hardly [I.11]
apenas hardly [I.2]
apero sling [II.7]
apetecer to yearn for [II.5]
apetito appetite [III.3]
apiolar to kill [I.13]
aplacarse to be satisfied [III.7]
apostar to bet [I.4]
aprestarse to prepare [III.2]
apretado tightened [I.9]
apretar to tighten [III.14]
apriesa in a hurry [III.9]
aprieto difficulty [III.1]
apuntar to bode [II.1]
aqueste this (*este*) [I.2]
aragonés Aragonese [II.6]
árbol mast [III.2]; pole used to support cargo [I.6]
arder burn [II.13]
armas armour [II.6]; arms [III.3]; coat of arms [III.9]
armonía harmony [I.3]
arrimar to tie [III.20]
arrogante arrogant [I.4]
arrojar to let loose [II.15]; **—se** to plunge [III.3]
arromadizarse to catch cold [III.15]
arropar to cover [III.15]
arroyo stream [I.3]
arrullo cooing [I.10]
arsénico arsenic (a poison) [II.7]
ascua ember [I.3]
asegurar to avoid [III.8]; **to** assure [III.8]
asentarse to sit down [II.2]
asiento power base [I.9]
asistente in attendance [III.8]
asolar to destroy [III.12]

asombrar to frighten [III.3]; —**se** to
be surprised [I.1]
asombro fright [I.2]
asomo hint; trace [I.10]
aspereza harshness [II.7]
áspero harsh [I.1]
asta flag pole [III.4]
astrólogo astrologer [II.1]
atabal drum [II.16]
atajar to bind [II.7]
atar to tie up [II.10]
atender to heed [III.9]
atestado crammed [I.10]
atormentar to torture [III.14]
atravesar to cross over [II.15]
atreverse to dare [II.5]
atrevido bold [I.10]; impertinent [I.4]
atrevimiento daring [II.11]
atroz atrocious [III.3]
atropellar to trample underfoot [II.
13]
aumentar to grow [III.13]
ausencia absence [II.4]
autoridad authority [I.4]
ave bird [II.5]
averiguación: hacer — to invesitgate
[III.20]
averiguar to find out [III.9]
aviso warning [II.5]
ayuda help [I.9]
ayuntamiento town hall [III.10]
azar orange blossom [*azahar*] [I.5]
azotar to whip [I.5]
azote whipping; lash [II.15]
bagaje baggage train [II.11]
bajeza vulgarity [III.2]
bajo base [II.2]
ballesta cross bow [I.11]
bañado bathed [I.2]
bandera flag [III.4]
barba beard [III.9]

bárbaro barbaric [II.3]
barbero barber [II.2]
barra bar; stripe [II.6]
barriga- belly [III.10]
barrio: el — y vulgo everyone [II.3]
basquiña skirt [III.3]
bastar to be enough [I.1]
bayeta a type of cloth [II.13]
belicoso warlike [II.16]
bellaco rogue [III.7]
bellacón villain [I.3]
bellaquería roguery [III.14]
bello beautiful [I.10]
bendición blessing [II.15]
beneficio favor [I.3]
berenjena eggplant [I.3]
bienes belongings [III.9]
bisojo cross-eyed [I.4]
bizarro brave [I.4]; elegant [I.5]
bizco squinty [I.4]
blanco target [I.12]
blando gentle [I.6]
boj boxwood [I.4]
bordado embroidered [I.5]
borracho drunkard [III.14]
brando soft [*blando*] [I.3]
bravo fierce [I.3]; fine [III.10]
brazalete armband [I.5]
bridón saddled horse [I.5]
brío spirit [I.1]
brioso spirited [I.10]
buboso tumorous [I.4]
buñolero- person who makes *buñue-
los*, fried pastries [II.15]
burlarse to joke [III.14]
cabello hair [III.3]
caber to fit [II.2]
cabeza important person [II.1]
cabo corporal [III.4]; extremity [I.5]
cademias academies (*academias*) [I.4]
cagajón "To hell with" [III.10]

calabaza fool [II.1]; pumpkin [II.1]
caldero kettle [II.15]
caletres wits [I.4]
calidades- de — of the nobility [II.4]
callar to be quiet [II.13]
calva bald head [I.4]
camino road; way [I.3]
campo field [I.3]; situation [II.3]
cáñamo sling [II.10]
cangilón jar [I.3]
cansado wearisome [II.4]
cantor singer [I.6]
capa cover [I.2]
capón capon [I.6]
caracol somersault [I.3]
cárcel jail [II.16]
cardenal bruise [III.21]
cargado stooped [I.4]
cargo responsibility [III.19]
carne flesh [II.13]
carta letter [II.14]
casaca tunic [I.5]
casar to marry [I.3]
casco head [II.7]
caso case [III.9]
casto chaste [I.4]
castellano Castilian [II.6]
castidad chastity [III.3]
castigar to punish [I.5]
castigo punishment [II.5]
castillo castle [II.6]
cativo despicable [II.7]
caudillo leader [III.5]
caza quarry; game [I.13]
cazador hunter [III.3]
cebada barley [II.1]
cebón fatted pig [I.6]
cecina cured meat [I.6]
celeste heavenly [II.1]
celo zeal [II.13]
celos jealousy [I.4]; zeal [I.10]

celoso jealous [II.5]
ceñirse to gird [I.1]
centinela sentry [III.8]
cercar to seige [II.6]
cerco siege [I.9]
cereza cherry [II.1]
cerrar: —con to attack [I.13]
certificar to assure [III.18]
cerveza beer [II.1]
cesar to cease [I.9]; to stop [I.3]
china pebble [II.15]
chuzo stave [III.3]
ciego blind [I.4]
cielo heaven [I.9]
cierto certain [III.13]; true [I.4]
cifra letter [I.5]
cimiento: buen — man with a good base [I.4]
cinta ribbon [I.5]
claro illustrious [I.2]
clemencia clemency [III.7]
coadjutor- assistant [I.2]
cobarde coward [I.4]
cobardía cowardice [I.4]
cobrar to receive [II.12]; to take [II.13]
codón bag or sack used to cover a horse's tail to protect it from mud [I.5]
cogido gathered up [I.5]
cojo lame [I.4]
col cabbage [I.3]
colar to drink, esp. wine [III.15]
cólera anger [III.14]
colgar to hang [II.3]
colmado filled [I.10]
colores rouge [III.3]
comedido reserved [I.4]
comendador one of the commanders of a military order [I]
cometer to commit [III.20]

compadre good friend [II.13]
compasarse to grow at the same rate [III.2]
cómplice accomplice [III.5]
componer to compose [II.15]
comprobación proof [III.20]
compuesto modest [I.4]
conceder to give [I.9]
concertador arranger [III.7]
concertar to arrange [I.3]
concertarse to agree to [II.13]; to come to an agreement [III.10]
concierto accord [I.4]; agreement [I.4]
conde count [I.9]
confesar to confess [II.12]
confïado assured [III.9]
confianza familiarity [I.2]
confiar to trust [I.4]
conformarse: — **con** to comply with [I.13]
conforme: estar — to agree [III.3]
conformes: — **a una** altogether [III.-20]
confuso confused [II.2]
congoja anguish [III.18]
consejo advice [I.9]; council [III.3]
consentir to consent [III.9]
conservación maintaining [III.8]
conservar to keep [I.4]; to remain [I.4]
constante constant [I.4]
consuelo consolation [III.18]
contado de— -in cash [II.5]
contentar satisfy [I.4]
contento contentment [I.9]
contienda dispute [I.4]
contingencia: en — in doubt [III.3]
contradecir to contradict [II.1]
contradicción opposition [III.8]
contrario adversary [I.9]

contrastar to win over [I.3]
convenir to suit [I.8]
copete mane [I.5]
copla poem [II.15]
coplón despective from of *copla* [II.15]
corazón heart [I.3]
corcillo small stag [I.11]
corcovado hunchback [I.4]
cordel rope [III.5]
corona crown [III.9]
coronado crowned [I.5]
corpulento corpulent; heavy [I.5]
corral corral; stable yard [II.5]
correa strap [II.10]
correrse to be ashamed [I.13]
correspondencia balance [I.4]
cortés courteous [I.1]
cortesía courtesy [I.1]
corteza rind [I.6]
cortijo hut [III.21]
corzo stag [I.10]
costar cost [II.7]
costumbres manners [II.11]
crecer to grow [III.9]
creer to believe
criado servant [I.1]
crianza upbringing [I.2]
criar to raise [II.13]
crueldad cruelty [III.9]
crujidero snap of the straps of the sling [II.7]
cuenta care [III.3]; news [III.9]
cuerdo discreet [III.2]
cuero wineskin [I.6]; **en** —**s** naked [I.6]
cuidado care [I.10]; pangs of love [II.12]; worry [I.3]
cuidadoso anxious [I.10]
cuidar to be careful [II.5]
culpa blame [I.4]

culpado the guilty one [III.7]
cumplimiento compliment [II.12]
cura priest [I.3]
curioso careful [III.10]
cuyo whose [I.9]
dacá here (*da acá*) [II.1]
dañar to harm [III.10]
daño harm [I.8]
dar: — **con alguien** come upon
  somebody [II.7]; — **cuenta** to tell
  [II.13]; — **por voto** to vote for
  [III.2]; — **testimonio cumplido** to
  completely prove [II.12]; — **voces**
  to shout [III.2]; — **admiración**
  cause wonder [II.13]; —**de palos**
  to beat [II.16]; —**le asombro** to
  frighten someone [I.12]; — **los**
  brazos to embrace [I.2]; —**le** to
  strike someone [II.16]; —**se** to
  give oneself up [II.16]
decender to come down from
  (*descender*) [I.3]
defenderse to defend oneself [I.11]
delante in front of [II.15]
delincuente criminal [II.4]
delito crime [III.3]
demandar to want [III.18]
demasía excess [I.9]; —**s** audacious
  behavior [I.10]
demonio demon [II.7]
dentro- off stage [III.5]
depósito: en — in storage [II.1]
derecho law [I.1]; right [I.2]
derribar to knock down [I.9]
desamparar to abandon [III.2]
desatar to untie [III.5]
desatino folly [II.2]
descalabrado in ruins [I.3]
descansar to rest [I.6]
desceñirse to ungird [I.13]
descincharse to take off [II.10]

descoger to hang [a flag] [III.3]
descomponerse to become
  disturbed [II.16]
descompuesto rash [I.4]
descontento unhappy [I.4]
descortés rude [I.1]
descortesía rudeness, discourtesy
  [I.1]
descuidado negligent [I.4]; off guard
  [II.4]
descuidarse to be careless [III.12]
desdecir to contradict [I.3]
desdén disdain [I.4]
desdeñoso disdainful [II.12]
desdicha badluck [I.4]
desdichado unfortunate [II.15]
desear to desire [I.7]
desenfadado self-assured [I.4]
desengañar to enlighten [I.4]
deseo desire [I.4]
designio plan (*disignio*) [II.14]
desigual unequal [I.1]
desnudar to strip [II.10]
despacho business [III.19]
despedirse to say goodbye [I.7]
despojos spoils of war [II. 14]
desposado fiance [II.5]; —**s** bride
  and groom [II.15]
desposorio wedding [I.11]
despuntar nip; graze [I.5]
destribuir to distribute [II.2]
desvelar to keep awake [I.10]
desventura misfortune [III.2]
desvergüenza shamelessness [II.4]
desviarse leave [I.10]
desviarse to get out of the way [I.7]
detener to stop [III.5]
deudo family member; relative [I.2]
dicha luck [I.4]; good fortune [I.9]
dichoso blessed [II.13]
diferencia controversy; difference

[I.2]; dispute [I.4]
difunto dead [II.15]
dilatar to put off [III.9]
diligente diligent [I.4]
dimuño devil (*demonio*) [I.4]
discreción discretion [I.4]
discreto prudent [III.8]
disculpar to apologize —**le**
apologize for for someone [II.16]
disgustar to displease [III. 18]
disgusto annoyance [II.5]
disimular to hide; to conceal [II.5]
dispuesto resolved [II.13]
divino divine [II.11]
divisar to see [II.6]
dolerse to ache [I.10]
dolor pain [III.14]
don gift [I.6]
donado gifted [III.10]
donaire carefree [I.4]; joke [II.13]
doncella young unmarried woman
[II.13]
dote dowry [II.3]
dueño master [III.10]
dulce sweet [I.6]
duro tough [I.3]
ea hey [I.6]
echar to throw [II.15]; to give [II.15];
to get going [III.11]; — **menos** to
miss; —**se** to throw oneselve
down [III.2]
edad [I.5]
efeto effect (*efecto*) [I.3]; result [III.8]
ejemplar exemplary [III.9]
ejército army [II.14]
elocuente eloquent [II.4]
embeber to swallow up [III.15]
emberrincharse to fly into a rage
[II.10]
empeñar: —**se la fe** to swear
emprender undertake [I.5]

empresa task [I.9]; undertaking
[II.14]
enamorado: — **de** in love with
[II.13]
enano dwarf [III.10]
enarbolar to hoist [III.4]
encina oak [I.3]
encomienda military order [I.9]
enemistad enmity [I.1]
enfado anger [I.3]
enfadoso disagreeable [I.4]
engañar deceive [I.3]
engaño deception [I.2]
enmendar to correct [III.10]
enojar to anger [III.12]
enojo anger [I.12]; annoyance [I.10]
ensanchar to enlarge [I.9]
ensayar to rehearse [III.10]
enseñado trained [I.2]
ensuciar to dirty [II.4]
entender to believe [III.17]
entendido well informed [I.4]
entero entire [I.6]
entrambos both [I.2]
entrañas insides; guts [III. 3]
entremetido busybody [I.4]
entristecer: —**se** to become sad
[II.13]
envainado sheathed [III.7]
envés back side [III.10]
enviar to sent [II.2]
envidia envy [II.2]
esclavo slave [III.2]
escoger to choose [III.12]
esconder: —**se** to hide [I.10]
escuadra squadron [III.4]
escudo shield [III.10]
esencia substance [III.8]
esfuerzo strength [I.9]
esotro that other thing [I.4]
espacio: de — slowly [I.9]

espacio time [III.4]
espada sword [I.1]
espalda back [I.13]
espaldar to back [I.5]
espantar to frighten [I.13]
espanto fright [III.3]
esperanza hope [III.7]
esposo husband [I.10]
espuma foam [II.2]
espumoso frothy [I.3]
estado social position [I.13]
estar: — atento to pay attention [I.2]
estimar hold in esteem [I.2]
estimar: —se to esteem themselves [II.5]
estoque rapier [III.3]
estorbar avoid [I.4]
estorbo obstacle [I.13]
eternizar to immortalize [III.14]
eterno eternal [II.4]
exceder to beat [I.10]; to exceed [III.18]
exceso excess [I.9]
excusado superfluous [I.6]
excusar to fail to [III.7]
extraño strange [I.13]; stranger [I.2]
extremado amazing [II.4]; worked up; upset [I.7]; extreme [I.9]
extremo extreme [II.12]
fe: a — de upon my word as [III.6]
fe loyalty [I.10]
feroz ferocious [III.3]
fértil fertile [I.5]
fïado trusting [I.3]
fiar to trust [II.12]; **—se** to trust [I.3]
fiel faithful [III.8]
fiera wild beast [I.7]
fiero fierce [III.9]
fiesta celebration [II.14]
fijar to put in place [III.9]
filosofar philosophize [I.4]

fingir to pretend [II.15]
flaco weak [I.2]
flaqueza weakness [II.14]
florecer to flower [I.3]
forzar to rape [III.21]
forzoso necessary [I.4]
freile friar (a cleric) [I.5]
freno bridle [II.5]
fresca amusing [I.4]
fresno ash tree [I.5]
frito fried [II.15]
fuerza force [I.9]; power [III.8]; **ser — to** be necessary [III.17]; **por —** necessarily [III.21]
furia fury [III.5]
furor rage [III.5]
gabán cloak [II.6]
galán mal —rude [I.4]
galgo greyhound [II.4]
gallardo brave [I.5]; charming [II.15]
gallina hen [I.6]
gallo rooster [I.6]
gama doe [I.11]
ganadillo flock of geese [I.6]
ganar —la palmatoria to win first prize [II.2]
ganso goose [I.6]
garrotillo a disease that causes vomiting, headaches and fever; also the dimunitive of *garrote* (garrote-death by strangulation). [II.7]
gigante giant [III.10]
gobernar to govern [I.4]
golpe blow [I.4]; **— de la sangre** hemorrhage [III.3]
gorrión sparrow [I.3]
gozar to enjoy [often. sexually] [I.4]
gozo pleasure [II.13]
gozoso joyful [III.9]
gracias gifts; graces [I.11]

gracioso comical, funny [I.1]
grama grass [I.5]
grave serious [I.1]
gravedad seriousness [I.4]; **de —** serious [III.12]
guante glove [I.6]
guarda guard [III.3]
guardar to keep [I.5]; to save [I.3]
guárdate *en garde* [I.13]
guarnecer to adorn [I.5]
guerra war [I.2]
guerrero warlike [I.6]
gusto desire [I.4]
haber: —de + inf. to have to [I.7]; **— descuido** to be careless [I.8]; **— menester** to need [II.13]
hablador talker [I.4]
hacer: — corrillo to gossip [II.4]; **—le pariente a** to put in competition with [II.4]
hacienda estate [I.5]; **—s** farms [II.3]
hado fortune [I.9]
halago cajolery [III.20]
hallar: —me en to attend [III.2]; **—se** to be [II.13]
harto enough [II.11]; much [II.13]
hazaña deed [II.10]
hecho deed [III.9]
helado frozen [I.3]
helarse to freeze [III.15]
heredar to inherit [III.21]
herida wound [III.9]
herir to wound [III.9]
hermosura beauty [I.4]
hierro iron stud [II.10]
hilandera wool spinner [III.3]
hinchado puffed up [II.15]
historia story [II.2]
hoja page [III.20]
holgarse to be pleased [III. 3]
hollar to trample [I.10]

hombro shoulder [I.2]
homicida murderer [II.15]
honda sling [II.10]
hondo deep [II.13]
honrada honorable [I.4]
honrar to honor [I.2]; to support [II.6]
huego fire (*fuego*) [I.3]
holgarse to be happy [II.5]
huera *fuera* [I.7]
huir to flee [I.11]; to turn away [I.11]
humillar to humble [II.14]
hundir to collapse [III.5]
hurtar to steal [I.3]
ignorancia ignorant idea [II.2]
ignorante ignorant [II.1]
ignorar to not know [II.2]
igual equal [II.13]; such [II.4]
igualarse to be equal [II.5]
imitar to imitate [I.4]
importunar insistenly request [I. 6]
importuno bothersome [I.1]
impresión printing [II.2]
impreso printed [II.2]
imprimir to print [II.2]
imprudencia imprudence [I.4]
inclemente inclement [III.9]; unmerciful [III.9]
inclinarse to incline [III.13]
indignado indignate [III.9]
infame despicable [I.13]
infamia infamy [I.3]
infantes infantrymen [I.5]
infinito infinite [II.14]
ingenioso obsessive [I.4]
ingrato ungrateful [I.3]
inhumano inhuman [II.7]
injurias harm [III.2]
inmortal immortal [I.2]
inocencia innocence [III.21]
inorme monstrous [*enorme*] [III.3]

inquirir to investigate [III.20]
insolencia outrage [II.13]
insolente contemptuous [III.21]
insufrible unbearable [I.4]
intención intention [I.10]
intentar to try for [I.4]
intento attempt [II.2]; intention [III.12]
intricado intricate [II.15]
invención invention [II.2]
jacerina coat of mail [I.5]
jaez bridle [I.6]
jara arrow [II.7]
jarro: **que es un —** good for nothing [I.4]
jerga common folk [II.2]
jornada campaign [I.5]; trip [III.10]
juego game [II.16]
juez judge [I.1]
junta meeting [II.16]
juntar to gather [I.2]; to join [II.4]
junto together [II.15]
justicia justice [II.11]
justiciero just [I.4]
justo just [III.9]; proper [II.13]
labrado tooled [I.5]
labradora fieldworker or townsperson [I.1]
labranza farmwork [I.1]
ladrón thief [III.3]
lamentar lament [III.2]
lanza lance [I.2]
lanzón short lance [III.3]
lascivo lascivious [II.3]
lastimado damaged [III.2]
lazada bow [I.5]
lealtad loyalty [II.12]
legumbres legumes [II.1]
lengua tongue [II.13]
león lion [I.2]
letrero sign [II.2]

letrilla lyric (of a song) [I.6]
levantar to raise up [II.14]; **—se** to get up [II.4]
leve slight [III.9]
liberal generous [I.4]
libertad liberty [I.9]
librar to free [II.7]
libre inconsiderate [II.8]
libremente freely [II.4]
licencia permission [I.8]
licenciado the holder of an advanced university degree [I.1]
liebre hare [II.4]
lienzo piece of linen [III.3]
liga band; garter [I.5]
ligereza fleetness of foot [II.4]
límite limit [I.9]
limosnero almsgiver [I.4]
limpieza purity [II.13]
limpio clean [II.4]
linaje lineage [I.1]
linces keen [II.15]
lisonjero flatterer [I.4]
llano clear [I.8]; subdued [III.17]
llave – key [II.13]
llenarse to fill up [II.15]
loar to praise [III.18]
locura crazy deed [II.7]
lograr to achieve [III.8]
lucido magnificent [I.5]
luciente shining [I.5]
luego immediately [I.13]; then [I.3]
lugar place [I.10]; town [II.7]
lumbre light [II.1]
lunada ham [I.3]
luto mourning [II.16]
madejo weak [I.4]
madrugar to get up early [I.3]
maestrazgo office of *maestre* [I.2]
maestre head of one of the military orders [I.1]

Maguncia Mainz [II.2]
majadero idiot [II.16]
majestad majesty [I.8]
maldecir to curse [II.12]
mancuerda: dar — to turn the screw [of the rack] [III.14]
manga sleeve [I.5]
manifestar to show [III.2]
manifiesto obvious [III.21]
maravillarse to be amazed [II.4]
maricón effeminate [III.3]
marido husband [II.13]
marqués marquis [I.2]
marquesote little marquess [III.7]
martirizar to torture [III.10]
mas but [I.3]
más lo — the majority [III.1]
masa dough [II.15]
materia matter [I.4]
medio means [I.9]; **en** — in the way [III.2]
medrar to prosper [I.7]
medroso fearful [I.13]
melado honey-colored horse [I.5]
melancólico melancholy [I.4]
melecina enema [II.15]
melindre prudish behavior [I.11]
menester necessary [I.2]
mensajero messenger [III. 12]
mentidero meeting place [II.2]
menudencia trifle [I.6]
merced gift [I.5]
merecer to deserve [II.12]
mérito talent [I.4]
mesar to tear out [III.9]
miedo: haber — to be afraid (*tener miedo*) [II.6]
migaja crumb [I.3]
modo way [I.4]
mohino angry [II.2]
monstruo monster [I.11]

montera cap [II.6]
mordaza gag [I.5]
moro moor [I.5]
morrión helmet [I.5]
mosca black spot [I.5]
moscatel big spender [I.4]
mostaza mustard [II.1]
mosto young wine [I.10]
motín mutiny [III.5]
mover to move [III.5]
moza girl [I.3]
mozo young man [I.10]
muerte: dar — to kill [III.9]
mujer wife [I.11]
mundo world [II.11]
murmurar to whisper [I.10]
muro wall [II.14]
músico musician [I.1]
nacimiento birth [II.11]
naranjado orange [I.5]
nave ship [III.2]
necedad foolishness [I.1]
necio foolish [I.1]
negar to deny [I.4]; to refuse [III.14]
nombrar to call (by name) [II.7]
nombre renown [III.5]
norabuena (enhorabuena) there is no translation; often used to intensify for emotional effect [II. 16]
notar to pay attention [II.3]
notorio well known [II.2]; obvious [I.13]
nube cloud [II.1]
nueva news [I.2]
nuez trigger [I.13]
obedecer to obey [I.2]
obligación duty [I.2]
obligar to oblige [I.5]; —**se** to obligate oneself [I.7]
obsequias dirges [III.2]

ocasión: a — opportunely [II.13]
odioso hateful [I.4]
ofender to offend [II.10]
olivo olive tree [II.3]
olvidado forgetful [I.3]
olvidar to forget [II.5]
orbe world [III.3]
orden organization [I.9]
orden sacro holy orders, ordained [I.5]
orilla bank [I.5]
oro gold; golden [I.5]
osado daring [I.9]
oscurecerse to become dark [III.9]
paces peace time [I.6]
paciencia patience [I.4]
palo pole [III.3]; — staff [II.13]
palomo dove [I.10]
paños clothes [I.10]
par pair [I.6]; *por [II.4]*
parcialidad group of allies [I.2]
pardiez My goodness [I.3]
parecer opinion [III.7]; tomar el — de alguien ask someone for an opinion [II.13]
parte cause [II.14]
pasatarde snack [I.3]
pastor shepherd [III.3]
patria birthplace [III.2]
patrimonio crown's possession [I.5]
pecho chest [I.1]
pecho contribution [I.6]
pedazo slice [I.3]
pedrada stoning [II.7]
pedrisco hailstorm [I.3]
pelear to fight [I.2]
peligro danger [I.13]
pena pain [I.3]
pendón flag [II.14]; foot soldier [I.6]
pepino cucumber [II.1]
perdido lost [II.14]

perdonar to forgive [III.21]
peregrino extraordinary [III.18]
perla pearl [I.5]
perseguír to pursue [I.11]
perseverar to persevere [III.5]
persuadirse to dare [II.9]
pesadumbre: darle — a alguien to upset someone. [I.3]; —s worries [II.1]
pesar displeasure [I.9]; to displease [II.4]
pesquisidor investigator [III.10]
pestaña eyelash [I.4]
pestilencia pestilence [II.7]
peto front [I.5]
pez fish [II.5]
piadoso merciful [I.4]
pica pike [III.9]
pícaro mischievous person [III.7]
pico beak [I.10]
pie foot [III.10]
piedad mercy [III.7]
piedra stone [II.8]
pieza thing [II.4]
pimienta pepper [I.3]
piporro bassoon [I.10]
placer pleasure [III.15]
plantar to place [III.18]
planta foot [II.12]
Platón Plato [I.4]
plebe lower class [I.5]
pleitear to dispute legally [III.12]
pleitista quarrelsome [I.4]
pleito dispute [III.12]
pluma feather [I.5]
poco small; little; para –good for nothing [I.4]
poderoso powerful [I.11]
polla young (hen) [I.3]
poner: — por obra to carry out [III.5]; —le tasa to limit someone

[II.1]; —**se en arma** to arm oneself [I.5]

pontífice pontiff [I.2]

popular of the people [III.5]

porfía insistence [III.14]; **a —** stubbornly [III.9]; stubborness [I.3]

posesión possession [II.13]

pósito the place where grain is stored for times of need [II.1]

postigo gate [I.7]

potro rack [III.14]

prado field [I.10]

preciarse to take pride [II.4]

pregón proclamation [III.3]

premio reward [I.10]

prenda prize [I.4]

prender to arrest [III.11]; to capture [II.16]; to fasten [I.5]

presencia presence [I.8]

presentado as a gift [I.7]

presente present [I.6]

prestar: —oído to pay attention [I.4]

presto quickly [I.1]; quick [II.15]

presumir to presume [II.1]

pretender to attempt [I.2]; to intend [III.4]; to try [II.9]

pretendiente favor-seeker [I.4]

prevenido warned [III.1]

prevenir to prepare [I.8]; —**se** to prepare oneself [I.9]

priesa a — quickly [*a prisa*] [III.1]

principal of worth [II.4]

príncipe prince [I.2]

pringar to punish [III.10]

prisiones fetters [III.1]

pro de buena — good [II.13]

probar to experience [III.9]

proceder behavior [II.13]; movement [II.1]; to continue [I.4]; to precede [II.13]

procurar to attempt [I.8]; to obtain [I.4]; to ask for [II.15]; to try [II.2]

prólogo speech [II.1]

propio one's own [I.2]; own [I.4]

propósito idea; plan [II.1]

proseguir to continue [II.6]

provecho use [II.13]; **buen –** *bon apetit* [I.6]

publicar to announce [III.2]

puerta entry [I.9]

puerto port [II.12]

puesto position [I.8]; **— que** although (*aunque*) [I.5]

punta de — a puño from one end to the other [II.5]

punta sourness [III.15]

puntos: andar en — to fight [II.15]

quebrantar to break [III.9]

quebrar to break [III.2]

quedarse: — con to keep [II.5]

quedo "Hold on!" [III.14]; quiet [II.16]

queja complaint [I.2]

quemado burned [II.15]

queso cheese [I.6]

quieto quiet [III.17]

qüistión dispute [I.4]; fight [II.4]

quitar to take away [II.9]

rabel violin-like instrument with three strings often used by shepherds [I.4]

rama branch [I.10]

raposería deception [I.2]

rastrillo iron grating over a gate; portcullis [III.5]

rayo lightening bolt [I.2]

razonable proper [II.15]

razones speaking; speech [I.6]

real royal [I.9]

rebelde rebel [I.5]

rebuena very good [III.10]

recado message [I.7]
recebido received (*recibido*) [II.12]
recelar to frighten [III.8]
recelo fear [III.2]
reclamo snare [II.5]
recoger to pick up [III.7]
reconocer to recognize [III.12]
recuesto hill [II.12]
red net [I.6]
referir to tell [II.2]
reformación change [I.8]
regido governed [III.2]
regidor town alderman [I.1]
regimiento group of town aldermen [I.6]
reina queen [I.1]
reino kingdom [III.8]
remediado resolved [I.9]
remediar to remedy [I.9]
remedio option [II.14]; solution [III.2]
remitir to send [II.5]
rendir to subdue [I.6]; to surrender [III.3]; —**se** to surrender [I.11]
reñir to scold [II.4]; to quarrel [II.15]
renunciar to announce [II.2]
reparar to consider [I.7]
repartir to spread out [II.2]; to divide up [III.9]
reportarse to control oneself [III.9]
reprehender to correct [I.4]
república community [II.1]
requerer to require [III.9]
resentido impaired [I.4]
resfriado with a cold [I.4]
residir to live [I.2]
resistencia resistance [III.8]
respingo shudder [III.X]
responder to answer [III.10]
reventar to burst [I.7]
reverencia reverence (title) [I.3]

reverso rear end [III.21]
rey king [I.1]
rezar to pray [I.3]
rienda rein [II.10]
rigor a broad statement [I.4]; severity [I.10]
riguroso critical [I.4]; severe [III.9]
risa laughter [II.13]
ristre the support on the saddle in which one end of the lance is placed [I.2]
rizo curled [I.5]
roble oak [I.6]
rogar to entreat; to beg [I.6]
rollizo plump [III.14]
romper to break [III.5]
rosca bread [I.3]
rostro face [I.10]
rubio golden [I.10]
rueca distaff [III.3]
rueda steak [II.16]
ruego plea [I.11]
ruido sound [III.5]
sabio wise [I.4]
sacar to draw [a sword] [I.2]; to take away [III.10]; to take out [III.7]
saco plundering [I.5]
sacristán sacristan [I.4]
sal salt [I.4]
salpicón hash [I.3]
saltar to jump; to hop [I.3]
saludable healthy [II.15]
sangre blood [I.2]; hemorrhage [III.3]
sangrienta bloodthirsty [II.7]
santo holy [I.2]
saquear to ransack; to plunder [III.9]
satisfecho satisfied [I.2]
descuidarse to not be careful [II.5]
rematarse to end [II.1]
seglar secular [I.5]

seguridad safety [III.9]
seguro assurance [II.13]; safe [I.9]; sure [I.8]; unaware [I.2]
sembrar to sow [II.1]
senado senate [III.21]
señal sign [III.3]
Señor Lord [III.7]
señoría lordship [I.7]
sentencia sentence [I.4]
sentenciar to sentence [II.16]
ser being [I.3]
sermón sermon [I.4]
servidor servant [I.2]
sesudo intelligent [I.4]
seta sect (*secta*) [II.15]
sinrazón injustice [II.13]
soberano excellent [I.2]; sovereign [III.12]
soberbio proud [I.11]
sobrado excessive [III.21]
sobrar to be extra [I.1]; be plentiful; to be in excess [II.1]
socarrón rascal [I.3]
soceso event (*suceso*) [II.10]
socorrer to favor [III.4]; to save [III.1]
socorro help [I.8]
sol: a — y a sombra day and night [II.7]
soldadesca soldierly [I.4]
soldado soldier [I.1]
soler usually (is, does, etc) [II.12]
solimanes cosmetics [III.3]
soltar to let go [I.13]
soncas really! [I.4]
sonoroso sweet-sounding [I.10]
sordo deaf [I.13]
sosiego rest [I.9]
sospechar to suspect [I.3]
soto grove of trees [I.10]
súbdito subject; vassal [I.9]

suceder to happen [III.11]
sucesión succession [I.2]
suceso outcome [I.9]; **buen—** happy ending [II.12]
suerte: de cualquier — in any case [II.4]; **de tal —** in such a way [I.11]; **infelice —** bad luck [III.9]
suerte manner [III.11]
sujeto hanging [III.7]; subject [II.14]
suma summary [II.2]
súplica petition [II.1]
suplicar to beg [III.18]
suplir make up for [I.2]
sustento food [II.1]
tajada piece [III.9]
tañer to play [music] [II.15]
tejado rooftop [I.3]
temer to fear [I.5]
temeroso frightened [I.11]
temido feared [II.13]
temor fear [I.3]
templar to calm [II.11]
templo temple [I.2]
tener: —le a alguien en tan poco to hold someone in such low regard [I.11]; **—lo en poco** to have little repsect for someone [II.5]; **—se** to stop [II.12]
teñir to stain [II.4]
teólogo theologian [II.1]
término conduct [II.13]
testigo witness [I.5]
tigre tiger [II.1]
tinaja vat [I.10]
tinta ink [II.13]
tío uncle [II.12]
tiranía tyranny [I.1]
tirar to shoot; to hunt [I.10]; to throw [III.3]; **"tira por ahí"** come along [II.11]
toca veil [III.3]

tocar to fall to [II.16]; to play [II.6]
tocino bacon [I.3]
topar to come across; to stumble upon [I.11]
torcer to wring out [I.10]
tormento torture [III.10]
tornar to return [III.3]; **—se** to return [I.11]
torpe base [III.3]
torre tower [III.1]
traer: —le a alguien sobre ojo to watch someone carefully [I.10]
tragedia tragedy [II.14]
trance peril [III.9]
tras after [I.11]
tratar to deal with [II.13]
traza manner [II.4]; plan [II.13]; try, attempt [II.4]
trazar to plan [III.3]
tribuna pulpit [I.10]
trigo wheat [II.1]
trocar to change [II.6]
troj granary [I.4]
trompeta trumpet [II.6]
trovar to compose verses [II.15]
tudesco German [II.2]
tuerto twisted (i.e. poorly made) [II.15]
turbado upset [II.15]
turco Turkish, or in a Turkish style [I.5]
ultraje outrage [II.11]
umbral threshold [I.7]
uno: para en — as one [II.12]
vaca beef [I.3]
val valley [II.15]
valerse de to avail oneself of [III.21]
valiente brave [I.4]
valle valley [II.13]
valor fame [II.2]; worth [I.4]
vano vain [II.2]

varón man [III.9]
vasallo vassal [I.2]
vecino townsperson [I.2]
vencedor victorious [III.7]
vencer to conquer [I.5]
venganza revenge [I.13]
vengarse to avenge oneselve [II.2]
ventana window [III.9]
venturoso forthright [I.4]; happy [III.10]
veras: de — for real [III.10]
vergonzoso bashful [II.15]
vergüenza shame [III.12]
verso verse; poetry [II.15]
verter to overflow [II.13]
vertir to spring forth [I.5]
vicioso vicious [II.7]
villa: toda la — everyone [II.12]
villa town [I.1]
villanaje peasantry [II.4]
villano base [I.4]; generally anyone who is not a noble [I.3]
viña grape vine [III.2]
vino wine [II.1]
violento violent [I.2]
virtud virtue [I.4]
vítor a shout given as applause to an important or brave action [III.15]
vitorioso victorious (*victorioso*) [II.14]
viudo widower [I.6]
viva(n) Long live! [I.6]
vivo alive [II.11]
volar to fly [III.9]
voluntad affection [I.5]; good will [II.13]; will [I.1]
volver to return [II.14]; **—se** to return [II.6]; to turn around [I.1]; to turn back [III.5]; **— se loco** to go crazy [II.13]
vuseñoría your lordship (*vuestra*

señoría) [II.4]
vusiñoría your lordship (*vuestra*
    señoría) [II.4]
ya already [II.12]
zagal strong, spirited young man

[I.10]
zagala unmarried young woman
    [I.7]
zalacotón hunk, slice [I.3]
zurdo poorly made [II.15]